Angelika Klüssendorf
Sehnsüchte

Eine Erzählung

Carl Hanser Verlag

ISBN 3-446-15763-8

Gesetzt aus der Walbaum-Antiqua bei
Fotosatz Reinhard Amann, Leutkirch
Druck und Bindung:
Friedrich Pustet, Regensburg
Printed in Germany

1

Der Erzähler

Der späte Frühling. Die Mittagsglocken schlugen in die Stille der Dorfstraßen. Das Flirren der Staubkörner in der Hitze. Am Ende der Straße, am Horizont, eine Gestalt, die näher und näher kam und dennoch auf merkwürdige Weise in der Ferne blieb. Am Nachmittag war sie immer noch weit draußen, erst gegen Abend dann um einiges herangerückt.

Es war Artur. In seinem schwarzen Mäntelchen glich er eher einem Schatten als einem Mann. Alles an ihm war in Bewegung: An seinen wackeligen Beinen hängend liefen seine Füße nach vorn, drehten zur Seite, zwei Schiffe im Sand, der linke Fuß sprang zurück und schob den Ballen des rechten an, während die Arme davonflogen, dabei heftig gestikulierten, und seine Hände nach vorn gestemmt überall anstießen. Die Luft war schwer wie Beton. Mit seinem hilflosen Geruder mühte sich Artur voranzukommen. Er verfiel mehr und mehr in ein wütendes Gestammel, das sich gegen seinen bockigen, uneinsichtigen Körper richtete. Kroppzeug, schrie er seine Glieder und Gelenke, seine flatternde Haut an, Kroppzeug, und spuckte auf den Boden. Nun verhöhnten ihn die Hände, sie schlitterten durch die Luft, klatschten gegen sein Zahnfleisch und gleich darauf gegen seine Stirn, immer wieder, kleine böswillige Motoren, die sich schon im nächsten Augenblick in scheinheiliger Unschuld falteten. Dann stürzten sie an den Hosennähten herunter und hingen im Geruch seiner Füße. Ich stinke, sagte Artur und rieb sich die Nase an den Achselhöhlen. Ich stinke nach diesem Kroppzeug, das mich nicht voranbringen will. Und so stolperte er weiter, drei Schritt vor, einen zurück. Im Spagat, wie eine Schere, suchte er die Orientierung. Doch wo brachte ihn das hin? Ein Pfeil steckte in einem Kreis, und der Kreis war die Kreuzung, denn einen anderen Weg gab es nicht, solange Artur nur seinem nach vorn gerichteten Nabel folgte. Vor diesem Durcheinander fiel ihm alles wieder ein. Er sah seine Mutter vor sich, wie sie mit ihrem den Dingen ergebenen Gesicht ständig die gleichen Worte auf ihn herabprasseln ließ: Du sollst nicht in die Stadt gehen und schon gar nicht auf die Kreuzung, wo alles zusammenläuft und wieder auseinanderfließt, womöglich verschwindest du in einem Luftloch, und niemand würde es merken. Daß er in einem Luftloch verschwinden könnte, bedeutete ihm nichts, und wenn alles auseinanderfließen würde, bedeutete dies ebenso nichts, aber daß alles zusammenkäme, diese Vorstellung war für ihn von größter Wichtigkeit. Gibt es denn das, fragte sich Artur, daß einmal alles zusammenkommt? Und sollte ich das Glück haben, das zu erleben? Artur geriet in Eile, aufgeregt lächelte sein Mund. Doch seine Wimpern fingen an, ungleichmäßig zu zucken, in seinen Augäpfeln platzten die Äderchen wie in einem Gewitter, und Speichel löste sich aus seinem Mund und glitt ihm über die Lippen. Kroppzeug, schrie er wieder, doch es nützte ihm nichts. Vielmehr glitt ihm gleich noch etwas davon. Ohne daß er es wollte, tauchten seine Hände in die Hosentaschen und streichelten und würgten sein Geschlecht, umschlossen und schwangen es und trotzten ihm seinen Stoff ab, der ebenso unkoordiniert herausdrang wie alles an Artur, das sich der Koordination widersetzte. Kroppzeug! Artur wollte sich nicht weiter darum kümmern. Ein dickes Gewirr von Geräuschen und Stimmen stürmte auf ihn ein, wurde greller und lauter mit jedem Schritt, den er vorwärts ging. O-Laute stürzten zu A-Lauten, die verschiedensten Sorten von Pfiffen wurden von einem Bellen verfolgt aus Mund und Schlundöffnung, Hustenanfälle wurden vom Gurgeln des Magens abgelöst, Schlürfer vom Einsetzen eines Rülpsers und monotones Geratter von einem Zickzackgezwitscher. Ich bin angekommen, sagte sich Artur, und stand doch völlig benommen in diesem Surren und Schaben, diesem unregelmäßigen Aufklatschen der unzähligen Tätigkeiten, diesem Knakken und Rauschen und Knirschen. Der Lärm brachte ihn durcheinander, er war froh, eine Sirene zu hören, die alle übrigen Laute verschluckte. Noch im verklingenden Echo des Sirenentones stehend, konnte er endlich mit verbissener Geduld Dinge und Begebenheiten aus dem konturenlosen Gewimmel etwas deutlicher herauslösen.

Eine Unmenge von Leitungen breitete sich wie ein Wurzelgeflecht über die Straße. Einzelne Schienenstränge verliefen immer geradeaus, ehe sie sich in einem Knotenpunkt trafen, um sich in eine entgegengesetzte Richtung zu vergabeln und in der Weite, die eine Enge war, zu verschwinden. Fabriken, Schornsteine, kurze Luftwölbungen dazwischen, eine Platane, ein paar Topfpflanzen auf schmalen Fensterbrettern, Mauersegler, Fernsehgetöse hinter den Scheiben, und wieder Luftwölbungen. Schmutzgraue Kiesel rollten über den Asphalt, der stückweise von Kopfsteinpflaster unterbrochen wurde. Gräser in den Ritzen. Kleine Pfützen hatten sich gesammelt, die neben größeren Rinnsalen standen, in denen sich Abfall und glanzlose Steine häuften. Artur stand vervielfacht neben sich, und sein verrenkter Körper spürte eine Schläfrigkeit, die alles um ihn herum einförmig werden ließ. Doch in der staubigen Luft bewegten sich Punkte, die seine Unruhe nährten, näher kamen, verschwanden, wieder heranflogen; Arturs Augen irrten hin und her; die Punkte waren Hüte, die sich mit einem leichten Nicken begrüßten, Hüte, an denen lange Mäntel hingen und die von Hunden und Taschen begleitet wurden, und Hüte, an denen Gerüche schleiften und Nasenflügel sich blähten, Hüte, die rot oder gelb waren und sich nicht grüßten, sondern ein ›Kuckuck‹ zuwarfen, mit ungeschicktem Schritt einherstolperten oder stolz marschierten. Unter allen Hüten fiel ihm einer ganz besonders auf, und diesen Hut glaubte Artur zu kennen. Er erinnerte sich an ein Paar wache Augen, eine gewaltige Nase, einen spöttischen Mund und einen schlaksigen Körper. Und er sah sich mit diesem und dem Hut dazu auf der Landstraße gehen und mit allem, was sie besaßen, die Ferne abklopfen und Erklärungen suchen für den Schmutz und das Glück in der Welt. Und er hörte den Hut verkünden: Dies ist nicht die Beste aller Welten, dies ist ein klaffender Aussatz, der uns im Maul stinkt. Er spürte sogar noch die Umarmung des Hutes, die übermütige Hoffnung, gemeinsam allen Trost zum Teufel jagen zu können. Das alles war plötzlich wieder da, die verblaßten Geschehnisse bekamen Farbe, bis sie beinah noch einmal vor ihm standen, und auch die alten Gerüche kehrten zurück, und zwar mit einer Intensität, die sie in der damaligen Wirklichkeit vielleicht gar nicht besessen hatten. Und Artur sah auch sich selbst wieder, wie er den Hut bestaunte und dessen Standhaftigkeit beneidete: Mit der größten Verwegenheit konnte er den Himmel anschreien und für sein Eigentum erklären, und dem Tier und der Natur blickte er offen ins Angesicht. Mein Gott, wie liebte ich diesen Hut, dachte Artur, wie waren wir von einem Blut und einer Gesinnung, gewissermaßen Zwillingsbrüder. Und schon ahnte er, daß auf der Kreuzung wirklich alles zusammenkäme.

Artur wollte auf den Hut zustürzen, doch er war derart aufgeregt, daß ihm außer seinen Augen nichts gehorchte, vorerst konnte er den Hut nur weiter betrachten. Der Hut wurde herumgereicht, und der dazugehörige Kopf war nicht zu sehen. Dann sah er das Gesicht sich durch die Menge schieben, aber es hatte mit seinem früheren Aussehen nicht mehr viel Ähnlichkeit. Es war mit einer dicken Schicht weißer Schminke bedeckt. Zwar ließ sich in den geröteten Augen noch eine gewisse Lebendigkeit erkennen, Schweißtropfen drangen aus den Poren, doch die Mundlinien, die sich wie Ackerfurchen in das Gesicht gruben, waren seltsam starr. Die rechte Seite zog sich zu einem angestrengten Lachen nach oben, während die linke krampfhaft nach unten gerichtet war. Wo ist das Gesicht, dachte Artur, und was soll diese Liebdienerei? Warum hat er seinen Atem verloren, warum hechelt er so abgehackt. Was ist mit seinen Händen, seinem Körper, wohin will ihn das ungeschickte Galoppieren seiner Beine bringen, wohin das Stolpern und Spreizen seines aufgedunsenen

Leibes? Und warum biegt er sich so lächerlich, produziert sich wie ein Hanswurst, wen will er einfangen mit seiner albernen Maske? Artur tapste verzweifelt hin und her, er war fassungslos über die Veränderungen des Gesichts unter dem Hut. Dennoch mußte er ihn begrüßen, aber was nur sollte er sagen. Es wird sich finden, dachte er und ging auf ihn zu. Obwohl sie sich nicht weit voneinander entfernt befanden, war es für Artur eine Ewigkeit, bis sie sich gegenüberstanden. Albert, rief er, Albert! Albert stockte in seinen Bewegungen, brachte die Hände in der Luft zum Halten, die Beine zum Stillstand, kniff die Augen zusammen, um schließlich in einer Pose He! zu rufen. Gleich darauf warf er den Kopf auf Arturs Schultern, als hätte er nur darauf gewartet, auch diese Nummer zum besten geben zu können. Dann griff er mit beiden Händen Arturs Körper und schüttelte ihn durch, Du siehst ja immer noch so aus hast dich nicht verändert kein bißchen! Artur wußte nichts darauf zu sagen, und so standen sie sich schweigend gegenüber, bis Albert die Stille unterbrach. Alter Junge alter Junge, sagte er wohl mehrere Minuten lang, aber er war geschwätzig genug, nach einer Weile doch losplappern zu können. Ich habe alles in die Tat umgesetzt, sagte er, und mit weit ausholendem Schwung wies er auf das Hin und Her der Hüte, Ich bin ein Künstler ich habe es geschafft. All diese Hüte fliegen auf mich. Ich zwinge sie, anzuhalten in ihrem Trott, zaubere ihnen Musik in die Ohren, bringe ihnen Ruhe und – dabei schob Albert seinen Kopf dicht an Artur – ich baue ihnen eine Brücke. Wohin soll diese Brücke führen? unterbrach Artur ihn schnell. Wohin wohin? wich Albert aus. Ich bin natürlich auch nur ein – aber lassen wir das. Und schon drehte er sich um und rief in die Menge: Kommt kommt, ihr Lieben, meine Turteltauben, meine Schweißbrüder!, und bevor er wieder in die alte Starre fiel, zwinkerte er Artur noch einmal zu; hehe, schieb die Hacken zusammen, reiß die Augen auf, jetzt erlebst du was. Und abrupt wechselte er die Haltung und schlug sich gegen die Brust, jauchzend stürzte er zurück in die Menge und ließ erneut seine Glieder jonglieren. Artur stolperte zur nächsten Bank. Von hier aus wollte er Albert beobachten. Doch je mehr er schaute, desto mehr verschwamm alles, und die Menschen gingen im Leuchten ihrer eigenen Farben unter. Mal sah er durch das schwimmende Licht ein Bein Alberts auftauchen, mal sah er ihn in einem engen Kreis marschieren, dann sah er ihn auf dem Rücken liegen und den Kopf und den Rumpf hin und her schnellen, um endlich nur noch auf den geöffneten Mund zu starren. Dann und wann purzelte ein Geldstück in Alberts Hut, worauf seine Nase sofort im Sturzflug zu Boden fuhr. Artur sah auch Kinder vor Albert stehen, die dessen Gesten nachäfften. Was ist nur passiert, dachte Artur, während vor ihm eine Gestalt auftauchte, die Albert ähnelte, aber einen anderen Hut trug und sich das Gesicht lila bemalt hatte. Artur zog den Mantel über den Kopf. Soll ich zurückkehren oder anderswo hingehen oder für immer meine Füße auf diesem Fleck ausschlagen lassen. Und wieder bemühte er sich, ein Bein vor das andere zu setzen, und abermals gelang es ihm nicht, auch nur den geringsten Ansatz zum Überqueren der Kreuzung zu machen. Diesmal kam ein Regenguß dazwischen. Jäh leerte sich die Kreuzung, alles stob auseinander, raste in die Nebenstraßen, die Hauseingänge, jeder versuchte einen trockenen Platz zu finden. Die Tropfen schlugen Blasen in die Pfützen. Nur Artur stand mitten im strömenden Regen, und statt stumm zu schauen, ließ er sich die Tropfen auf der Zunge zergehen. Er trat in eine Pfütze und sah sein Spiegelbild an. Er wackelte mit dem Kopf hin und her, und unversehens mußte er lachen. Was gibt es da zu lachen, dachte er, und plötzlich erblickte er neben sich im Pfützenspiegel eine Frau. Wenn du noch riechen und schmecken kannst, dann hak dich bei mir unter und laß uns von hier verschwinden, sagte die Frau. Artur fragte nichts und ließ sich von ihr, die sich wie ein frischer Baum anfühlte, entführen. Das kommt mir nicht ungelegen, sagte er, indem er sie betrachtete. Alles an ihr schien an der richtigen Stelle gewachsen, ihre Ohren waren mittelgroß, mit einem strengen Ohrläppchen versehen, so wie er es mochte. Eigentlich wollte er gern ein paar Worte mit ihr wechseln, über einen kleinen Umweg nochmal mit ihr durch die Pfützen gehen, doch sie plapperte unaufhörlich, so daß er sie in aller Ruhe und gründlich in Augenschein nehmen konnte. Ihre Nase trug sich mit einem eleganten Schwung durch die Luft, als würde sie nur Bekanntes wahrnehmen. Artur ergriff etwas steif ihre Hand und wollte gerade an die bevorstehende Mühe des Sichgehenlassens denken, als sie vor ihn hinsprang und mit frischer Gebärde verkündete: Mit mir ist alles leicht, nenn mich Else oder, wenn es dir lieber ist, Lise, und darauf plapperte sie weiter mit einer Schwerelosigkeit, daß Artur nicht umhinkam, auch das an ihr richtig zu finden. In den Pausen schaute auch sie ihn an, und Artur fragte sich, ob sie ihn vielleicht verwechselte. Es braucht nicht viel, um zueinander zu finden, sagte sie, als wollte sie auf seine unausgesprochenen Gedanken eingehen. Dabei setzte sie ihre Schritte in sehr beeindruckenden Schuhen auf den Bürgersteig, tack tack, machten ihre Absätze, und Artur ließ sich, nur noch auf dieses erregende Geräusch hörend, wie ein Blinder von ihr führen. Ich bin tatsächlich ein Mann, fühlte Artur in jeder Weise. Als sie endlich vor ihrer Tür standen, spitzte sie ihren Mund, schloß auf, schubste ihn in ein Zimmer, und kaum daß sie beide drin waren, zog sie sich aus. Sie strich mit ihrem Finger über seinen Mund, doch sie selbst fing wieder an zu erzählen, sie flüsterte, summte und zirpte, daß sie ihm bald wie ein Insekt vorkam. Du kannst in den Himmel spucken, mach alles was du willst, sagte sie mit einer Stimme von überall her. Jetzt kommt, was kommen muß, dachte Artur und versuchte sich ins Gedächtnis zurückzurufen, wie er sich bei solch einem Zueinanderkommen bewegen müßte. Aber er kam nicht zum Überlegen. Mit großer Selbstverständlichkeit nahm Else von seinem Körper Besitz, ohne Besinnung stürzte ihr Mund tausendfach von seinem Auge über die Brust und tiefer. Unter ihren Händen entstand ein wildes Gestöber auf seiner Haut, er spürte, wie sich seine Muskeln anspannten und die Zähne sich in die Unterlippe gruben. Welche Reise, wo werde ich, wo werden wir ankommen, ging es Artur durch den Kopf, bevor sie ihn auszog und alles an ihm mit Wörtern bedeckte. Vokale und Konsonanten fegten durch das Zimmer und ließen sich wie ein tropisches Gewitter auf seinem und ihrem Geschlecht nieder. Artur und Else lagen, in Berührungen gehüllt, dicht übereinander, und Artur sah seinen Körper in den ihren getrieben und ihr Gesicht so nah über sich, daß er am liebsten jemanden gerufen oder überhaupt einen Ruf in die Welt geschickt hätte. Die Luft war schwer und schmerzte. Artur wollte es Else sagen, doch sie war weit entfernt, er konnte sie unmöglich erreichen.

So blieb ihm nichts übrig, als zu stöhnen und zu schreien, bis er wirklich, aber doch ganz unfreiwillig rief, Gott verdammt, halte mich, nichts soll werden wie vorher. Dann war alles vorüber. Else tat, als würde sie schweigen. Strohblumen hatten sich aus einem Rahmen gelöst, Kleidungsstücke lagen verstreut am Boden, eine Vase war vom Tisch gefallen, draußen hatte es zu regnen aufgehört, Else öffnete ihren Mund, gleich würde die Ruhe aus allen Dingen weichen, in Zeitlupentempo sagte Else den ersten Satz. Hörst du nicht die Vögel, rief sie, hörst du nicht die Ameisen, die Tiere, hörst du sie nicht kommen, du mußt bei mir bleiben. Artur war ans Fenster getreten, blinzelte mitten in die Sonne hinein und zog sich beim Anblick der blauen Himmelsfläche schneller und schneller an, band sich die Schuhe, da rief sie nach ihm, wie ein Kind saß sie im Bett und summte ein Lied. Mit unruhigen Händen wischte sie sich die Augen, schniefte, versuchte zu schielen, um ihn zum Bleiben, zum Lachen zu bewegen, umstrich ihn im Laufschritt wie ein kleiner Soldat, versuchte in die hilflose Leere ein paar Wörter zu werfen, doch Artur stand bewegungslos, fast gelähmt am Fenster, völlig gedankenlos war er, zu keinem Entschluß fähig. Er wußte nicht, wie ihm geschah, als er sich wieder in das Bett ziehen ließ, der Gedanke an die Straßenkreuzung schoß noch einmal herauf wie ein Blitz, dann war es ein Wetterleuchten, dann spürte er nur noch Else, die Haut und den Geruch. Und das Gerede, die Worte, das Geplapper, ein einlullendes Geräusch. Heute wollte Else das Kind spielen, morgen die Frau. Der Körper sollte eine Brücke sein, sie zerrte sein Ohr an ihre Haut und befahl ihm, daran zu lauschen. Artur hörte eine Geräuschlawine, Laute, die wie spitze Kiesel durch das Zimmer rollten, und ein undefinierbares Blubbern, das ihn an das Aufsteigen von Blasen in einem Schlammloch erinnerte. Er wollte ihr sagen, daß er sich nie an diese Laute gewöhnen könne, aber schon drängte sie sich wieder an ihn heran und schnurrte und leckte, daß er ihr vor Angst, sie zu schlagen, den Mund mit einem Kuß verschloß. Als ihr Mund stillstand, bemerkte er, daß dieser immerfort gespitzt war, wie wenn er pfeifen oder in einem kindlichen Schmollen verweilen wollte. Auch als sie weitersprach, blieb der Mund so, doch dann sah er die Bitterwinkel in ihrem Gesicht, die Tränensäcke, die Falten auf der Stirn, das ungeschickte schiefe Lächeln, und wußte, er konnte sich jetzt nicht erheben und gehen. Er fiel zurück in die dumpfe Gedankenlosigkeit, hörte, wie heftig sie atmete. Sie öffnete ihre Beine, und Artur, von einem Durst getrieben, warf sich in ihren Schoß. Mit einer verzweifelten Wut schlug er in ihr weinendes Gesicht, spürte selbst einen grellen Schmerz, die Einsamkeit wie eine zweite Haut, eine Kruste, die ihn umschloß und nicht aufbrechen wollte; tief tauchte er nach unten, trieb sich wieder und wieder in sie hinein, von ihrem Grund sich nach oben abstoßend holte er Luft, schrie, kämpfte, schlug zu. Ihm wurde übel, als er sie daliegen sah, in die Laken verkrochen. Auch sie hatte geschrien und Lust empfunden. Es war eine Welt, die er nicht verstehen wollte und doch verstand. In ihrer Schwäche war sie die Stärkere. Er hatte aus ihrer stolzen Erscheinung eine hilflose Kreatur gemacht, er, der Mann; sie öffnete wieder die Beine. Der letzte Augenblick des Erwachens. Er wollte gehen und fragte Else nach dem Weg.

Bleib bis morgen, antwortete sie ihm. Artur wohnte mehrere Jahre bei Else. Im ersten Jahr versuchte er noch, über die Kreuzung zu kommen. Dann ging er regelmäßig am ersten Advent die Treppe hinunter, um sie gleich darauf wieder hinaufzusteigen, und das betrieb er den ganzen Tag, bis der erste Advent vorüber war. Elses Haus stand nah an der Kreuzung. Gelegentlich öffnete Artur das Fenster, zog die Gardinen wie einen Theatervorhang zurück und schaute nach draußen. Manchmal nahm er ein paar Steine und warf sie hinunter. Dann schauten die Leute zu ihm herauf und riefen etwas. Bald kannte man ihn in der Gegend; ein verrücktes schwarzes Gespenst, das vom Fenster aus die Leute belästigte. Aber Arturs Blicke ruhten nur kurz auf den Menschen, auf ihrer Haut, den Hüten, Schnurrbärten; ihren Gang, die schweren Taschen, die ihre Arme herunterzogen, die Selbstgespräche auf ihren Lippen bemerkte er nicht mehr. Sie kamen ihm seltsam leblos vor, in einen sinnentleerten Zeichenaustausch entrückt, Millionen von Lichtjahren von ihm entfernt. Nur auf der Kreuzung hätte es ein Zusammentreffen geben können. Mit dem Himmel war das anders, er war ganz für ihn da. Aus den Umrissen der Wolken entstanden ein Teich, Schilf, Seerosen, und er konnte sich lange bei der Frage aufhalten, ob es Frösche in der Mitte des Teiches gebe. Die Frage war dann sein Ort, er schlüpfte zu den Fröschen, sah mit ihren Augen. Er spürte Wanderwege unter seinen Füßen, heißen Sand, Steine, die seine Fußsohlen aufritzten; Brombeerbüsche, an denen die schwarzen reifen Früchte hingen, streiften seinen Arm, er leckte die Kratzer mit der Zunge, und alle Lieblichkeit der Welt stieg ihm in die Nase. Auch Geräusche waren am Himmel: das Gezwitscher einer Amsel, das durch die Luft getragene Flirren der Sonnenstrahlen, das Gezirpe der trockenen Gräser, der tiefe Ton einer Glocke. Der Himmel war für Artur vollkommen, er ließ ihn in Ruhe und stellte sich doch zur Verfügung. Durch seine Zurückgezogenheit, die er mit der des Himmels teilte, hatten die Dinge wieder eine andere Bedeutung, sie besaßen wieder das Gewicht der Kinderzeit: Eine Tür ging auf und die

Gäste traten ein; der Glockenton kam tief aus dem Innern eines Körpers, ein gläsernes Tintenfaß hatte einen schwarzen Schraubdeckel, der unverkennbare Tintengeruch, dann die Flecken überall, das Löschpapier, ein Heft öffnete sich, die erste unbeschriebene Seite, der Schulweg und der Geruch von zertretenen Regenwürmern, was war das für eine Welt; Artur steckte die Zunge zwischen die Lippen und schrieb den Himmel voll. Die Kinderzeit stob auseinander, wenn Else das Zimmer betrat.

Else hatte wie viele Frauen die Gewohnheit, an ihren Gewohnheiten festzuhalten, und eine bestand darin, daß Artur den Mülleimer hinunterzutragen hatte. Artur bemerkte, daß er den Weg treppab immer sehr schnell und den Weg die Treppen hinauf sehr langsam ging. Nur einmal war es anders. An diesem Tag bewegte er sich nach unten wie eine Schnecke, als würde er an den Stufen festkleben. Irgend etwas schien sich anzubahnen. Und tatsächlich geschah ihm, sehr allmählich, was ihm lange Zeit nicht mehr geschehen war; ohne ersichtlichen Grund fingen seine Glieder wieder an zu zappeln, verhielten sich wieder derart unkontrolliert, daß er von der alten Vorstellung getroffen wurde, in seinem Körper sei etwas aufgebrochen und alle Bewegungen passierten ihm nun auf einmal. Frostwellen sprangen ihm von den Wimpern bis in die Fingerspitzen, die Kniekehlen wurden von seinen geballten Fäusten getroffen, die Zunge schoß ihm aus dem Mund und etwas befreite sich aus seiner Kehle, einem Schrei nicht unähnlich. Hastig versuchte Artur, den Eimer nach unten zu bringen, er umklammerte den Griff, bis seine Adern rot und zornig nach außen stachen, und er war um so entschlossener, als er den Eindruck fürchtete, den der Inhalt des Eimers, falls er sich über die Treppe verschütten würde, hinterlassen mußte. All die faulenden Reste, die Büchsen vom Fisch, den sie jeden Morgen mit Toast und Ei verspeisten, die kleinen klebrigen Likörfläschchen, die sie abends leerten, und erst die Schachteln, die vielen ausgefressenen Hüllen der Tabletten, die Illustrierten mit den Preisausschreiben, all der furchtbare Müll würde dann vor aller Augen offenliegen. Artur ging sorgsam, Schritt für Schritt, mit vorgeschobenem Unterleib, und trug den Mülleimer mit ausgestrecktem Arm vor sich her. Mit einer ruckartigen Bewegung gelangte er zur Hoftür. Er balancierte über die Pflastersteine und näherte sich der Mülltonne. Er öffnete sie und hörte dabei einen eigenartig hohen Ton, so daß er erschrocken zur Seite sprang und den Deckel wieder zufallen ließ. Er schaute sich um, schnalzte laut mit der Zunge, es war niemand zu sehen. Zaghaft hob er noch einmal den Deckel, und sofort pfiff der hohe Ton wieder an ihm vorbei, durchschnitt die Luft und blieb in ihr als verzerrtes dünnes Summen stehen. Artur sah verwirrt nach links, nach rechts, warf den Kopf nach allen Seiten; der Hof blieb menschenleer, nichts zu sehen bis auf die drei verdorrten Bäume am Zaun und einen mageren Sperling, der sich auf einem Ast niedergelassen hatte. Der hochgezogene grelle Ton stand als Punkt in der Luft, schlug kurz nach den Bäumen aus, der Sperling flog mit gesträubtem Gefieder davon. Artur hielt sich die Ohren zu, die aber, geschärft durch die Anspannung, weiterhörten, bis seine Augen neben der Mülltonne einen Schatten sahen. Mit angehaltenem Atem starrte Artur den Schatten an, der sich bald ins Unendliche verlor. Die Augen zappeln, dachte er und schob das linke Bein vor das rechte, hielt sich mit den Händen in der Luft, als stünden dort unsichtbare Stangen, und mit einem heftigen Sprung stand er vor dem Schatten. Der Schatten war eine Ratte, die sterben wollte oder sehr krank war. Ihr Leib war zu einer Beule geschwollen und stieß den Atem in unregelmäßigen Abständen hervor. Ein merkwürdiger Geruch ging von ihr aus, am Hals hatte sie einen blutroten Fleck, überhaupt schien sie eine einzige Wunde zu sein; Artur hockte sich vor sie hin und sah ihre trüben Augen, in denen sich aber nur sein eigenes Entsetzen spiegelte. Inzwischen waren alle Fenster erleuchtet, er ahnte, wie Else hinter den Gardinen auf und ab ging, nicht wußte wohin mit dem Abend, Else zigarettenrauchend, Else auf ihn wartend. Einem inneren Zwang gehorchend konnte sich Artur nicht erheben, fast hätte er das Röcheln der Ratte angenommen, als diese plötzlich den Atem anhielt, ihren Blick aufriß wie eine Mäusefalle und mit einer ungeheuren Kraft in die Luft sprang, das Maul auseinandersperrte, strampelte, tanzte und dann auf die Erde schlug. Artur stand auf, drehte sich um die eigene Achse und ging hinaus auf die Straße. Er sah mager und blaß aus, an seinem Arm hing immer noch der Mülleimer, als würde er zu ihm gehören. Es mußte vor kurzem geregnet haben, ein Geruch wie aus dem Wald lag in der Luft. Überall war es laut, Artur hörte den hohen Pfeifton wieder, der zu den Straßenbahnen gehörte, die um die Ecke bogen. Die Laternen gingen an, ihr Licht schimmerte auf Arturs Schuhen, blendete ihn, war seinen Augen ungewohnt, aber er schritt, einmal aufgebrochen, schnell voran. Er ging durch den Staub, durch den Waldgeruch, den Gestank, der direkt neben dem Waldgeruch lag, durch die Schreie der Schlagzeilenverkäufer, ging einige Male vor zur Kreuzung, über die Straße ging er jedoch nicht. Dann stand er einen Moment lang dösend in diesem Hin und Her, sah sich eingeschlossen in dieser Stadt, der Himmel war das Laternenlicht, die wenigen Vögel flogen vor sich hin, jeder Baum ein Vogel, und ihm kam der Gedanke, in eines der parkenden Autos zu steigen und dort zu schlafen. Etwas würde sich schon ereignen.

Über einem lauten Knallen schreckte er hoch. Artur sah einen Jungen davonrasen, einen alten Mann auf der Fahrbahn liegen, einen Stock daneben, und schon hatte sich eine Menschenmenge angesammelt, so daß er kaum noch etwas unterscheiden konnte. Er versuchte sich durch die Menschen zu drängen, doch die standen wie eine Mauer, schrien erregt durcheinander und traten sich gegenseitig die Füße wund. Der Unfall sei auf den Schabernack eines Jungen zurückzuführen, er habe den Blinden mitten auf die Fahrbahn geführt und dort einfach stehengelassen. Inmitten von uns allen ist er wie ein Stück Vieh verreckt, dachte Artur. Statt schweigend vor der Welt zu stehen, in der der Tote jetzt angekommen ist, und ihm die gebührende Stille zu gönnen, kreischen und keifen sie, als wären sie auf dem Jahrmarkt, die großen dummen Angstwegschreier. War ja sowieso nur ein Blinder, brüllte es, Na eben, das macht keinen Unterschied, brüllte es zurück, Er sieht jetzt nichts und hat vorher nichts gesehen. Doch unvermittelt brach das Geschrei ab. Alle, die gerade noch ihre Unterkiefer, ihre Zunge und Lippen bewegt hatten, standen reglos, es schien, als beständen sie auf einmal nur noch aus Augen. Dabei war nichts Außergewöhnliches geschehen, einzig der Stock des Blinden hatte sich erhoben, und langsam dahinstolpernd entfernte er sich wie jedes Ding, das weiß, was es will. Doch schon brüllte es wieder, Die

Krücke verschwindet, ihr nach, hinterher! Schneller, rief jemand, der Stock haut ab. Artur spürte einen groben Tritt gegen das Bein, dann wurde er zur Seite gedrängt, und alle stürmten an ihm vorbei. Die Türen der Geschäfte und Wohnungen blieben offen stehen, einige verlassene Katzen hockten hinter den Fensterscheiben, und die Hunde waren mit langen Leinen an Bäumen oder Laternenmasten befestigt. Artur sah und hörte den Tumult sich entfernen. Die am Ende liefen, wußten schon nicht mehr, warum sie den anderen hinterhertrotteten, mit einem wilden Trotz hatten sie sich angeschlossen. Der Stock ließ sich in seinem gleichmäßigen Tack Tack nicht beirren, er spazierte; wenn er bremste, bremsten auch die Leute, und wenn er vor einer roten Ampel stehenblieb, so taten sie es ihm nach, der Stock überstürzte nichts, er ging sicher, und alle folgten ihm. Die Männer, die den Zug anführten, setzten mit weitausgreifenden Schritten entweder dem Stock oder ihrem Vordermann nach, sie genossen das Verbindende, das durch den Stock gestiftete, sie vereinende Band. Von Mannsauge zu Mannsauge schnellten die Blicke: Das ist unerforschtes Gebiet, am Ziel werden wir die Fahne hissen. Und wie auf ein Kommando hoben alle Mütter den Kopf, faßten die Hände ihrer Sprößlinge fester, ließen den Atem voller durch die Lungen treiben und jagten die Alltagsödnis aus ihren Gesichtern, als würden sie zu einer Verabredung eilen. Auch die zukünftigen Mütter richteten ihre Augen nach vorn aus, sie waren froh über diesen Augenblick, und eine jede fühlte die tiefe Berechtigung ihres Daseins. Ein Arzt, der im weißen Kittel allen voran marschierte, ließ sich in die Karten schauen, indem er von dem erstaunlichen Spenderwillen der Verunglückten erzählte; heutzutage brauche man niemanden mehr zu überreden, von seinen Innereien abzugeben, die Leute hingen an ganz anderen Dingen und seien froh, sich von einem Stück Leber oder Herz zu befreien. Niemand nahm an diesen Worten Anstoß, alle erzählten, was sie wußten oder zu wissen glaubten. Plötzlich ertönte ein Ruf: Die Krücke verschwindet! Mit Erstaunen sahen alle, daß sie sich am Fuße eines riesigen Müllberges befanden. Im nächsten Augenblick begann der Stock das Abfallgebirge hinaufzuklettern, er schwang sich behende an den verschiedensten Gegenständen vorbei, drehte sich wie ein Akrobat auf der Wölbung seines Griffes über eine verrostete Eisenstange, sprang über die Federn eines Bettes, schlitterte über Tapetenrollen, die teilweise schon mit Gras bewachsen waren, bis er auf dem Gipfel stand, mehrere Sekunden sein schlankes Holz in die Luft reckte und endlich einfach umkippte, um hinter dem Unrat zu verschwinden. Nun gab es kein Halten mehr für die Menge, die bald nur noch aus um sich schlagenden Mantelschößen bestand, besinnungslos wie Tiere stürzten die Männer und Frauen dem Stock hinterher, rutschten hinauf, hinab, schnitten sich die Hände blutig, ruderten, keuchten. Nur nach oben wollten sie gelangen. Einige waren unten geblieben, und unter diesen befand sich einer, der sagte, daß ein alter Stock freiwillig zum Abfall gehe, sei richtig. Aber wieso mußte dann der Blinde so enden, rief ein anderer, wenn die Krücke, wenn sogar ein Ding seinen Weg findet.

Artur saß neben dem Blinden, mitten auf der öden Fahrbahn hatte er sich niedergelassen, er schaute den Toten an und drückte ihm die Augen zu. Gut, ich will dich nicht weiter stören, aber erzähl mir, erzähl irgend etwas. Eine Geschichte, die meine Mutter mir hätte erzählen sollen. Artur saß eine Zeitlang ruhig vor dem Blinden, bewegte den Kopf hin und her und schaute durch alles hindurch. Doch plötzlich sprang er auf und hielt sich den Mund zu. Er weinte. Und zu dem Blinden sagte er: Wie gern würde ich ankommen, irgendwo bleiben, wie du, nicht mehr so herumrennen hier, hin und her und auf und ab, nicht mehr lügen müssen, das ganze Dasein zusammenlügen müssen, und wozu. Artur wischte sich über die Augen. In der Kindheit habe ich oft gelogen, da war das Lügen noch eine Chance, man konnte sich lustvoll verstecken und alles ausprobieren. Oft hab ich den Blinden gespielt, aber die Eltern bekamen es bald mit der Angst zu tun und dachten, ich sei verrückt. Ich steigerte mich so sehr hinein, daß ich mit offenen Augen so gut wie nichts mehr sah. Nur die Farbe Grün sah ich, roch ich, das Moos, die Knospen; oft saß ich in der Heide vor einem Moorteich, das Grün ging langsam in ein Braun über, es gab kleine Moorfliegen, die kamen aus einer anderen Welt zu mir geflogen. Die Füchse krochen aus ihren Löchern und gaben mir Zeichen. Langsam wurde ich zahm und gehörte zu ihnen. Die Natur umschloß mich wie ein warmer Bauch, alles war hell, nichts verwirrte mich. Als die Eltern merkten, wie froh ich draußen war, machten sie mit mir Ausflüge. Einmal wanderten wir zu einem berühmten Schloß, ein andermal zu einem berühmten Berg. Schließlich konnten die Eltern nichts mehr mit mir anfangen, ich wollte nur noch die Augen schließen und dasein, riechen, schmekken und hören. Das wurde ihnen zu arg. Sie schleppten mich zum Augenarzt, zu allen Ärzten, ich wurde so lange bearbeitet, bis sich mein Körper von mir löste und das große Durcheinander begann. Sie klemmten mich in ein Korsett, und zu guter Letzt bekam ich eine Brille und konnte wieder sehen. Ich wurde in kleine schwarze Anzüge gezwängt, deren Knöpfe man bis zum Hals schließen mußte, und fortan war ich in Unordnung, die Haut juckte und die Arme und Beine machten, was sie wollten.

Da brach das Reden ab und Artur schwieg. Noch nie habe ich soviel von mir erzählt, dachte er, was ist nur mit mir los. Und der Blinde gibt kein Zeichen. Rede! sagte Artur zu dem Toten. Was hast du schon zu verlieren. Mein Gott, sag doch etwas. Summ eine Melodie, ein Lied. Artur schlug sich mit der Faust gegen die Stirn. Zum letzten Mal, rede, du seelenloser Dickschädel! Dann stand er eine Weile wie gelähmt, drückte mit beiden Händen auf den Magen, schrie, seine Kniekehlen knickten ein und er schlug quer über dem Blinden hin. Nach Luft ringend bewegte sich sein Körper unaufhörlich wie ein Käfer auf dem Rücken, alles war in Aufruhr an ihm, seine Finger jagten rasend durch die Luft, bis sie auf dem Hals des Blinden für Sekunden Ruhe fanden. Da drückten sie zu.

Die Fenster schauten wie leere Augen aus den Häusern, der Wind fuhr schärfer durch die Bäume, vereinzelt fielen dicke Regentropfen auf den Boden, eine von einem Windstoß gepackte Bierdose rollte scheppernd durch die Straße, ein Düsenjäger riß kurz den Himmel entzwei, und in diesem Augenblick fiel Artur ein, daß er vor Tagen in sein Heft geschrieben hatte: Was ist Sehnsucht? Dringend beantworten! Da hörte er hinter sich ein Flüstern und drehte sich um. Das Laternenlicht blendete ihn. Die Menschen waren zurückgekehrt. Sie standen reglos da und sahen ihn an, sahen seine Hände auf dem Hals des Blinden. Artur sah müde aus, tiefe Schatten lagen unter seinen Augen, er löste die Bänder seiner Schuhe, für einen Moment lächelte er. Es war ihnen gleichgültig, was er tat, nur davonrennen sollte er nicht. Was dann geschah, ging sehr schnell, als würde alles einem erprobten Gesetz gehorchen. Hinter dem Polizisten, der Arturs Mülleimer trug, liefen die anderen hinterher. Der Weg erschien Artur weder lang noch kurz, seine Beine schlugen nur wenig aus. Dann fiel eine Tür ins Schloß, und die Außenwelt war von ihm abgeschnitten. Man nahm ihm seine Kleider, führte ihn in verschiedene Zimmer, stellte ihn in die Mitte eines Raumes oder ließ ihn auf einem Stuhl sitzen, mal war alles hell erleuchtet, dann wieder traf ihn nur ein Lichtstrahl, es wurden Fragen über Fragen gestellt, Artur schwieg. Arturs Gesicht war verwundert, als ihm die Brille genommen, das Haar geschnitten und er stundenlang unter der Dusche mit kaltem Wasser stehen mußte. Artur war verwirrt und zitterte vor Kälte und Müdigkeit. Die Kämpfe seines Körpers ließen ihn schnell matt werden, es war ihm unmöglich, auf einer Stelle zu stehen, und als wäre die Unordnung der Welt in seine Glieder gefahren, wollten diese hüpfen, springen, ihn in die Erschöpfung treiben. So stand er in angespannter Abwehr, manchmal kam jemand vorbei und sagte: Wie lustig er ist, unser Hampelmann, und gab ihm eine Ohrfeige. Dreimal täglich bekam er Essen. Der

Raum, in dem er sich aufhalten mußte, lag in einem Halbdunkel, die Wände waren gefliest. Über dem Waschbecken hing eine Spiegelscherbe. Manchmal sah er einen Ausschnitt seines Gesichts in der Scherbe, sein rechtes Auge hatte leicht zu schielen begonnen, das linke schaute oft zu der kleinen Fensterluke heraus und suchte nach einem Stück Himmel. Bald ließ man Artur lange Zeit in Ruhe. Niemand verlangte mehr nach seinen Aussagen. Keiner schrie und tobte mehr mit ihm. Es wurde kein Wort zu ihm gesprochen. Artur wurde still. Der Körper hatte Waffenstillstand mit ihm geschlossen. Artur saß da und konnte stundenlang auf einen Gegenstand starren, ohne sich zu bewegen. Die Spiegelscherbe zeigte ihm außer seinem Auge noch andere Teile, den linken Finger mit dem Fingernagel, die Nasenlöcher, den Mund, aber es waren nur Teile, die in keinem Zusammenhang mit ihm zu stehen schienen. Artur wollte nachdenken. Aber sein Auge blieb immer an einem Ding haften und versperrte ihm den Weg. Und je mehr Artur schaute, desto mehr erschien jedes Ding für sich, herausgelöst, fremd und kalt. Der Stuhl war von den anderen Gegenständen getrennt, ebenso die Liege, der Tisch, das kleine Fenster. Artur sah zwar den Stuhl und führte mechanisch eine sitzende Bewegung aus, aber kaum hatte er das Wort Stuhl oder Sitzen ausgesprochen, fiel es zurück in seinen Mund und machte sich in ihm breit, begann vor sich hin zu faulen, ihn von innen aufzufressen. So saß Artur sprachlos vor Entsetzen in einer Ecke, aß kaum, schaute tagelang in die Luft und hatte schon bald vergessen, wo er war. Das Kinn war ihm auf die Brust gesunken, der Puls ging schwach, alles war in unendliche Kälte getaucht.

Eines Tages hörte Artur Stimmen in seinem Kopf. Die Stimmen gingen bald in ein Schreien, ein Tiergebrüll über, und es dauerte lange, bis er begriff, daß diese unmenschlichen Laute im Kopf seine eigenen waren. Bald stieß er außer diesen Schreien noch ein schrilles Lachen aus, biß sich in die Finger, in die Arme, schlug den Kopf gegen die Wände; wütend begann er sich zu zerkratzen, aufzuritzen, nahm beide Arme, schlug sie immerzu um seinen Körper und brüllte dazu: Ich muß mich spüren, ich existiere doch. Da öffnete sich die Tür. Artur wurde, als wäre nichts geschehen, durch einen fensterlosen, schmalen Gang in ein Zimmer geschoben, dort bekam er seine Kleider wieder. Er mußte einen Zettel unterschreiben, den er nicht las, zerfahren schrieb er seinen Namen auf das Papier. Der Mann, der ihn führte, sagte: Gesund sehen Sie nicht aus. Er berührte ihn und sagte: Mensch, Sie sind ja eiskalt.

2
Else

mama mia das ist als hätte ich ein kleines kind daheim immerzu bringt er mir was angeschleppt und macht einen heidenkrach wenn ich es nicht nehme lauter solches zeug ich meine wenn es blumen wären na gut aber diese blöden fischbüchsen sardinen heringe makrelen kaviar und weiß der herrgott was noch alles am anfang hab ich mich ständig gewaschen und geschruppt hab alles mögliche mit körperlotionen und parfümen versucht billige und teure weil ich dachte es sei ein wink mit dem zaunpfahl aber nichts ich duftete wie eine drogerie und er brachte mir immer noch fisch gott sei dank keinen frischfisch hab ich mir noch gedacht denn so lange hält der sich ja nicht obwohl ich mal einen blauen karpfen mit einer zitrone im maul auf einem gemälde gesehen hab das sah wenigstens noch schön aus früher hab ich mir mit solchen sachen viel mehr mühe gegeben habe vorübergehend auch einiges begriffen oder auch nicht was weiß man später noch davon lirumlarumlöffelstiel es war auch so anstrengend ohne daß es etwas einbrachte und da hab ich mir irgendwann gesagt was heißt irgendwann es war genau an dem dienstag wo der phillip sich vorm rathaus öffentlich abgefackelt hatte das weiß ich noch ganz genau ach ja der phillip war ein netter junge er hatte leukämie oder sowas und war immer ganz mager und weiß im gesicht und deswegen hab ich mich auch nie geziert wenn der mich küssen wollte ich dachte der machts sowieso nicht mehr lange aber daß der sich dann verbrennen mußte damals das hat mich ziemlich fertiggemacht hab sein gesicht immerzu im schlaf noch vor mir gesehen ich glaub er hat mir noch was sagen wollen bestimmt sogar irgendeine kleinigkeit vielleicht nur ein wort oder sowas aber wo er nun tot ist werde ich es nie mehr rausbekommen aber es macht mich auch jetzt nicht mehr so fertig weil ich glaube daß es irgendwie auch ganz raffiniert war durch seine krankheit wäre er doch auf jeden fall gestorben und da hat er kurz vorher noch solch ein spektakel gemacht weil er nicht vergessen werden wollte mama mia aber so sind sie alle und der artur ist nicht viel besser dabei bin ich ehrlich gesagt froh daß ich ihn hab und ich frag mich manchmal ob er es überhaupt gemerkt hat aber vielleicht ist es ihm auch egal wie achtundachtzig aber naja es dauerte sowieso seine zeit bis wir richtig zusammen waren das erste mal gesehen hab ich artur bei einem platzkonzert es war ein schöner lauer frühlingstag und ich hatte eine durchsichtige bluse an und nichts drunter und anstatt daß er auf die musik hört hat er mich andauernd angeschaut reinweg angestiert wahrscheinlich hat er an meinen blusenknöpfen abgezählt verliebt verlobt verheiratet und ich hab gemerkt daß meine brustwarzen ganz hart wurden je länger er mich anschaute aber das muß ihn wiederum total verwirrt haben und so hat er schließlich weggeschaut und mich gar nicht mehr beachtet als ob ich der teufel wäre oder ein böses gift und als das konzert zu ende war hat er nicht einmal geklatscht heute weiß ich warum denn inzwischen hat er es mir erklärt die leute klatschen alles weg die ganze musik treiben sie wieder aus sich heraus mit ihrem blödsinnigen beifall und ihrem jucheh und jucheih aber damals wußte ich noch nichts von seinen gedanken und ich dachte mir nur warum ist der auf einmal so belämmert anstatt sich zu freuen über die schöne musik zieht der ein gesicht als würde er alle welt aber das hat mich gerade neugierig gemacht irgendwie kam der mir anders als die anderen vor mit geheimnis und so aber pustekuchen hätte ich nur damals schon alles gewußt auf jeden fall hab ich mir gedacht den läßt du dir nicht entgehen und schwupp war ich neben ihm und ein paar minuten später hing ich schon an seinem arm heute weiß ich nicht einmal mehr wer zuerst ob er oder ich auf jeden fall ging das alles sehr schnell aber ich vermute stark daß ich die initiative ergriffen hab und als wir so spazierengegangen sind schielte er wieder auf meine brust und als ich seinen arm drückte fing er ganz heftig an zu atmen und ich dachte mir noch mein gott bei dem gehts schnell aber ich hatte wieder danebengetippt denn es hat sich noch alles furchtbar in die länge gezogen eh der sich getraut hat vorher hat er mir noch stundenlang von der musik erzählt als ob ich eine einleitung bräuchte aber naja vor allen dingen über die frau von dem tubaspieler hat er sich ausgelassen ich glaub alma hieß die und die soll ganz toll gewesen sein und einen nach dem anderen vom blech um den verstand gebracht haben hat mir schon imponiert dieses weibsstück und irgendwie hab ich mich auch geschmeichelt gefühlt denn ich dachte wozu erzählt der dir das doch nur weil du der irgendwie ähnlich bist und das hat mich ungeheuer aufgemuntert daß es mir ganz egal war ob ich neben einem scheinheiligen heuchler lief oder nicht denn er hat mir einfach gutgetan mit seinem gerede und es kam mir auch einigermaßen ehrlich vor und ich sagte dieses und jenes dann hab ich sogar ein lied gesungen und ihn hüpfend an der hand genommen und auf kleinkind machend hab ich gekritscht und ihn durch die straßen gezogen und dann hab ich seine glatze geküßt mein gott schmeckte die salzig alles war furchtbar toll und lustig und ich dachte gar nicht mehr ans vögeln aber da sagte er auf einmal gehen wir vorher noch was trinken mama mia da war ich echt baff der ist genauso ein typ wie alle anderen dachte ich nicht einmal einen moment spielen kann der mit einem immer gleich wieder diese männernüchternheit die tun doch alle nur so als ob sie nicht träumen könnten denn schließlich waren die gebrüder grimm doch auch männer und keine frauen also was soll das ganze theater aber dann hatte ich mich gleich wieder im griff was solls ich hatte weder lust eine auf romantisch zu machen noch auf diese emanzen dazu fehlt mir sowieso das verständnis ich war nichts weiter als bockig aber gezeigt hab ichs ihm nicht also sind wir noch in eine bar gegangen und ich hab da ein paar cocktails getrunken er bier und irgendwie bin ich dann auch wieder ganz lustig geworden obwohl er mir merkwürdiges zeug erzählte ich wäre das gegenteil von einem amerikaner denn die würden immerzu blöd grinsen und well well dazu sagen aber dafür hätte ich augen in denen stünde vieles geschrieben soviel mein gott hat er das wirklich alles gesagt damals das waren ja lauter nette sachen auf jeden fall waren wir am ende so stockbetrunken daß ich nicht mehr wußte was oben und unten war aber er hat mich kurzerhand über seine schulter geladen und ich hab ihm mit meinen fäusten auf dem rücken herumgetrommelt und ich erinnere mich noch genau daß mir alles wie im film vorkam ich weiß dann nur noch daß ich kaum daß wir im zimmer waren sofort eingeschlafen bin und am nächsten morgen hab ich mich auf zehnspitzen davongeschlichen denn irgendwie kam mir alles unmöglich vor der ganze suff und überhaupt alles die tage darauf gings mir schlecht ich bin eigentlich kräftig und sonst gut beieinander aber das hat mich doch umgehauen ich hab wirklich eine zeitlang auf dem letzten loch gepfiffen warum konnte ich gar nicht so genau sagen soviel außergewöhnliches war eigentlich gar nicht passiert aber es hatte mich erwischt ich war einfach angeknackst mein gott und damals wußte ich noch nicht einmal seinen namen das nächste mal wenn er mir über den weg liefe würde ich einen diener machen oder einen knicks und mich vorstellen lauter solches zeug hab ich mir damals zusammengereimt ich hätte mich totlachen können aber statt dessen war ich ordentlich traurig ich hätte immerzu bäh und leckt mich doch sagen wollen aber es war ja niemand da und eine furchtbare lust hatte ich alles an die wand zu schmeißen einfach das ganze geschirr zu zerdeppern aber dann ging es mir gott sei dank bald besser und ich hab wieder gefuttert wie ein ausgehungertes raubtier hab alles in mich hineingeschlungen viel kaltes geflügel mit scharfem senf und grünen pfefferkörnern das hat mich wieder zu mir selbst gebracht na also schwamm drüber dachte ich wiedersehn werd ich ihn schon irgendwie mama mia warum war ich nur so versessen auf ihn dabei hätte ich kilometerweit davonrennen sollen aber naja mit den gedanken daß er irgendwie lebte und einen schritt vor den anderen setzte ging ich nun wieder beruhigter an meine arbeit ich war zwar noch zerstreut aber in dieser zeit auch besonders freundlich zu meinen kunden das ist allen aufgefallen ich kann sowieso nicht sagen daß ich meine arbeit besonders gerne mache aber ungern mach ich sie nun auch wieder nicht sie ist eben da und bringt geld und einer muß sie ja machen und außerdem bringt sie einen sinn in mein leben die gutgewürzten buletten und die sauberkeit in meinem imbiß haben sich inzwischen ja herumgesprochen und da kommen natürlich viele zu mir und eines schönen tages klingt ja fast wie im märchen war aber überhaupt keins stand er plötzlich da doch an seiner seite ich dachte mich tritt ein pferd stand diese verrückte ziege belgrad die heißt belgrad weil sie von da kommt und die macht nicht nur um ihren namen ein furchtbares getue sondern auch um ihre schönheit dabei ist sie eine ramponierte kuh die man ins irrenhaus stecken sollte und hysterisch ist sie obendrein singt immer laut und zwar irgendwelche marschlieder und die hängen mir sowieso zum halse raus und dann knallt sie dabei ihre stöckelschuhe zusammen als würde sie die heißeste stepnummer aufs parkett legen wollen und das alles vor meinem imbiß und dazu sang sie wieder und hielt ihn von hinten umschlungen als ob er ihr eigentum wär und wie er ihr schließlich einen klaps auf den hintern versetzte tat sie ganz widerspenstig als wenn sie sonst wie keusch wäre gerade die und dann sagte sie ganz laut so daß es alle hören konnten ich denk mich knutscht ein klavier das brachte das faß zum überlaufen ich hätte ihr ins gesicht spucken können und ihm auch er war doch nicht so ein leichtmatrose sich mit so einer abzugeben also nee nee nee das schlimmste aber war daß er mich nicht einmal anschaute als ob ich luft wäre er bestellte zwar eine bulette für sich und belgrad aber er nahm mich einfach nicht zur kenntnis trotzdem hab ich die zähne zusammengebissen und sie stillschweigend bedient dieser bock dachte ich na warte dir werd ichs zeigen ich hatte so eine wut im bauch daß mir die tränen kamen aber ich dachte mir so schnell läßt du dich nicht unterbuttern und dann hab ich kurzerhand den laden zugemacht bin zum friseur und in die kosmetik und hab mich wieder richtig auf vordermann bringen lassen ha und am abend sah ich richtig flott aus jede primadonna und vor allen dingen die belgrad hätten sich wegschmeißen können und dann bin ich in die bestimmte bar gegangen und hab dort auf ihn gewartet und zu später stunde kam er dann auch das heißt er fiel mehr durch die bar als daß er lief und dann ging alles wie von allein er stand vor mir hob seinen zeigefinger und brüllte ich bitte um ruhe dann flüsterte er mir in das eine ohr beethoven und in das andere coca cola such dir eins aus sagte er entweder beethoven oder coca cola und ich sagte ich wolle beides ich wußte natürlich nicht was das zu bedeuten hatte entweder einer seiner verrückten scherze oder einfach weil er besoffen war auf jeden fall sagte er gar nicht so dumm die kleine und dann küßte er mich so heftig als wollte er mir das leben heraussaugen aber ich war irgendwie trotz der küsse fest verschlossen ich kam mir vor wie ein stück holz in seinen händen ich weiß auch nicht warum aber er hatte so eine gottverdammte schwere an sich jedenfalls haben wir noch literweise tequila getrunken und ich hab den mescalwurm verschluckt und bin dann noch ganz lustig geworden zu guter letzt hab ich den clown gespielt und geschielt daß mir fast die pupillen geplatzt wären aber immerhin es ist eine meiner besten nummern dann hab ich mich noch mit dem hula-hoop-reifen auf der theke gedreht bis mir schlecht geworden ist aber alle waren hingerissen von mir ich übrigens auch und am schluß sind wir schließlich zu ihm nach hause gestolpert und in seinem zimmer angelangt hatte ich nicht viel zeit zum glücklichsein denn er ist gleich über mich hergefallen der nächste morgen war in vieler hinsicht ein schock wir wachten ziemlich zur gleichen zeit auf und ehe ich dazu kam mir den schlaf aus den augen zu reiben nahm er mich in seine arme und machte sich an meinem hals zu schaffen meiner brust nur den mund ließ er aus dann nahm er meinen kopf und schob ihn langsam nach unten blas mir einen sagte er und ich lag gott weiß wie verlassen zwischen seinen beinen und konnte einfach nicht das heißt ich hätte nicht übel lust gehabt ihm einfach den schwanz abzubeißen und irgendwie hab ich dann zu flennen angefangen aber er hatte es nicht gemerkt alles mögliche ist mir durch den kopf geschossen und dabei schaute ich seinen schwanz an als wollte ich ihn behexen er sah aus wie eine geknickte sumpfdotterblume vielleicht noch trauriger wie ich und er war mir unendlich fremd in diesem moment ich dachte immer mir könnte nichts mehr passieren und dann fiel mir die geschichte mit dem tod ein und das alles zwischen seinen beinen vor zwei jahren sollte ich beinah gemurkst werden irgend so ein lichtscheuer bursche oder ein entlaufener aus der klapper oder weiß der teufel lauerte mir nachts im rosenthal auf und wollte mir die gurgel durchschneiden natürlich war ich schockiert aber trotzdem sah ich ihn an diesen gurgelidioten und ich sah wie er zitterte und von einer sekunde zur nächsten fiel alles ab von mir all meine angst die ich jahrelang mit mir rumgeschleppt hatte ich sah den mond er war so unendlich weit entfernt und alles hatte so einen ungeheuerlichen geruch an sich und ich hatte einfach keine angst mehr wie gesagt und ich sagte zu diesem menschen der da vor mir stand mit seinem messer dann mach es doch trenn mir die kehle durch du nimmst mir nur die arbeit ab das hatte mich gerettet er verschwand und weit draußen zwischen den bäumen hörte ich ihn noch lachen es klang nicht gut

mein gott wie lange ist das her und wer weiß ob der verrückte noch lebt und trotzdem immer wenn ich daran denke habe ich ein eigenartiges grinsen in der kehle eine art reibeisentraurigkeit und so ein gefühl hatte ich auch jetzt als würden mir die augen zum hinterkopf hinauswachsen und die ganze zeit dachte ich die sanduhr ist kaputt verrückt ich weiß aber was will man machen und wie ich mir endlich einen ruck gab und artur anschaute war er eingeschlafen er lag da wie ein kind und sekundenlang hatte ich großes mitleid mit ihm ich schaute ihn an bis ich nicht mehr konnte und nur noch einen leeren kopf hatte und dann jagte ich aus seiner wohnung und raste durch die straßen keuchend und schwitzend daß mir die sachen am leibe festklebten nur nach hause wollte ich nur baden alles abspülen von mir aber statt dessen ging dieser blöde vormittag blöd weiter wahrscheinlich sollte ich bestraft werden für irgendwas man weiß ja nie es werden doch dauernd schwarze schafe gesucht jedenfalls hatte ich mir unterwegs in aller eile eine zeitung gekauft und da stand gleich auf der ersten seite staatsoberhaupt erschossen und gleich daneben stand polizist von tollwütigem mann gebissen und dahinter ein fragezeichen und das bild von dem toten ich fühlte wie ich nach luft schnappte o hätte ich nur keine zeile davon gelesen erstens kannte ich den bullen der hatte mir ja da hatte der mir glatt noch geld abgeknöpft für bei rot über die ampel und ich sagte noch gesetz hin gesetz her und er feixte dazu und verlegen war er auch machte immerzu an sich herum mit seinen händen mein gott wenn der mich auch nur mit seinem klitzekleinsten finger dieser vorgeschmack auf leichenhände und zweitens mir nichts dir nichts diesen regierungschef abzuknallen vor dem hatte man doch einigermaßen achtung soweit ich das begreifen konnte der war ganz unbewacht und privat mit seiner frau im kino war das alles ein irrsinn wer darüber noch eine meinung hatte außer vielleicht verflixt zu heulen oder scheiße pisse kacke wie ein kind zu sagen mein gott wer sollte das alles begreifen warum sind gerade die und die an diesem morgen ratzbatz tot ich lief wie ein angestochenes karnickel von einer zimmerecke in die andere aber als ich dann verheult vor meinem spiegel landete konnte ich plötzlich mein gesicht nicht mehr ertragen das ist nicht wahr dachte ich was geht dich das alles an woher nimmst du mit einmal diese wut tag für tag siehst du hörst du mit an wie abgeschlachtet wird mit viel blut oder fein säuberlich tausende krepieren und du bist so schön nett traurig weil es so ungerecht ist wie sollte man verdammt noch mal das alles verstehen ich war fertig saß da wie ein altersschwaches tier und dann hab ich mich gebissen überall bis mein fleisch taub wurde in die hände in die arme bis ich nichts mehr spürte und nichts mehr wollte nur noch schlafen zwei tage hab ich wie tot gelegen und als ich aufwachte bin ich viel allein durch die straßen gezogen und hab mir die menschen angeschaut die ganzen kaputten die säufer die vertrottelten und einsamen die kinder und die hunde und die hunde und die kinder und dazwischen die scheißnormalen und ich mittendrin und alles kam mir wie ein großes irrenhaus vor in diesem augenblick spürte ich es würde nichts mehr wie früher werden und ich dachte nur noch wirres zeug bitte einmal aufwachen bitte bitte endlich aufwachen und plötzlich hatte ich angst verrückt zu werden aber nicht einmal das passierte alles zog an mir vorüber und trotzdem konnte ich nichts fassen am liebsten hätte ich zu mir gesagt guck dir alles an bis du nicht mehr kannst else du bist frei und dir kann doch niemand was aber dann bin ich wieder artur begegnet und wir sind oft trinken gegangen und ich hab kaum eine nacht geschlafen doch jedesmal wenn wir uns wiedersahen hatte er meinen namen vergessen und immer tat er als sähe er mich zum ersten mal bis auf den tag mit dem fürchterlichen regenguß es regnete als wäre überschwemmung im himmel und artur stand mitten auf dem marktplatz grau und naß und sah mich an ohne ein wort sind wir aufeinander zugegangen und haben uns geküßt mit einer wunderbaren leichtigkeit und von dem tag an sind wir zusammengeblieben mein gott war das eine zeit wie falschgeld bin ich herumgelaufen verliebt bis über beide ohren am anfang lagen wir nur im bett wir waren rasend aufeinander noch nie hatte mich ein mann so sehr ich war unersättlich und wollte immerzu nur tanzen stampfen mich in seine schenkel werfen ihn kratzen küssen beißen verschlingen den mond anbellen war er einmal nicht da lief ich nackt und barfuß durch die wohnung wie eine irre stammelte liebesschwüre schnurrte wie eine katze um ihn herbeizulocken und schauten mich seine blauen augen endlich wieder an war mir als würden sie mir in alle poren gehen aber bald war mir alle ruhe geraubt ganz mager war ich geworden mit tiefen ringen unter den augen und artur kam mir vor wie ein skorpion und da trat als wäre ein knoten geplatzt von einem augenblick auf den anderen eine stille ein wir sahen uns nur noch an und staunten ich war else und er war artur so kam es mir jedenfalls damals vor er kochte die herrlichsten speisen erklärte mir die kunst der gourmandise mein gott ist das ein wort ich stand stunden vorm spiegel um es zu üben na und ich kaufte blumen konfekt wein und ein aquarium mit lustigen fischen er massierte mir die füße ich rasierte ihn putzte ihm die zähne und vor allen dingen hörte ich ihm zu ich hatte immer davon geträumt einen mit idealen kennenzulernen der noch ernsthaft an etwas glaubte eigentlich wollte ich immer fünfzig jahre vorher leben weil ich dachte da wäre noch ne menge los kaffeehauslöwen lebendigkeit und so aber nun hatte ich ja artur getroffen der den ganzen tag las der immer neue geschichten in sich hineinschlang und mir dann hingerissen davon erzählte und zum ersten mal dachte ich nicht mehr kennste einen kennste alle denn artur war etwas besonderes zuerst war ich furchtbar aufgeregt meine augen und ohren klebten an seinem mund der mir rote flecken ins gesicht redete von jesus bis omas hund der bellt und immer wieder ewige zusammenhänge und widersprüchlichkeiten und dies und das bis mir alles in den ohren sauste und ich ihn unterbrechen mußte bitte nicht so schnell sonst verheddert sich alles sagte ich und ich will doch so gern alles begreifen da schaute er mich lange an und sagte nur na sowas und ich schaute zurück und kam mir wie ein mondkalb vor aber das muß er wohl gemerkt haben denn er sagte wieder na sowas doch diesmal sanft und vor erleichterung hab ich zugleich lachen und weinen müssen aber es passierte immer öfter dieses geglotze auf meine doofheit und dabei aber naja jedenfalls verstanden wir uns sonst prächtig und ab und an war ich auch ganz froh im imbiß zu stehen und mir meine eigenen gedanken zu machen eines tages hatte ich sogar mit der ahnung des ›großen tierblicks‹ von dem er ellenlang erzählt hatte in eine bulette gestarrt und ich war so fassungslos und glücklich darüber daß ich artur gleich davon erzählen mußte aber der wär beinah ausgerastet das heißt er schwankte zwischen einem lachkrampf und einem tobsuchtsanfall o mein gott da schämte ich mich wieder aber woher sollte ich auch wissen daß das von solcher bedeutung daß man eher auf dem kopf statt gewöhnlich na dann hut ab dachte ich nur wer hörte mir denn sonst zu und ich nahm mir vor in zukunft etwas behutsamer mit all dem großen gedankengut umzugehen oft schaute ich artur jetzt stumm an und mir fielen keine anderen worte ein als immer nur mein geliebter mein geliebter und so wollte ich ihm auch nichts von meinem komischen wegträumen erzählen denn so nannte ich das wenn ich mir nichts dir nichts in den gegenständen verschwand ich war plötzlich der senf das brot der abfalleimer und meine haut ein sturm von staubteilchen mir war als würde ich die ganze gegend sein und ich begann allem zu mißtrauen sogar den einfachen gesten führte artur zum abschied seinen zeigefinger an den mund um mich damit zu grüßen da wollte ich am liebsten schreien mach das nicht du weißt ja nicht was du tust und das alles ging soweit daß ich an nichts mehr glaubte selbst den tränen nicht die aus mir herausschossen bis ich merkte daß ich wirklich weinte und das war gut so artur bemerkte von all dem nichts gott sei dank sonst hätte er sich nur unnötige gedanken gemacht er war in letzter zeit ganz mit sich selbst beschäftigt oft schaute er wenn ich kam abwesend aus dem fenster und ich mochte ihn auch nicht unterbrechen oder stören denn er war sehr nett

kam ich von der arbeit war die wohnung blitzeblank nirgendwo gab es ein stäubchen zu entdekken selbst das treppenhaus war gebohnert obgleich es gar nicht sitte war und so waren wir beide recht zufrieden und kamen ins gleichgewicht und abgesehen von meiner regelrechten gier anderen in die nase zu beißen was ich mir natürlich nicht gestattete und erst recht niemandem erzählte verlief unser leben geordnet obwohl ich manchmal ein ungutes gefühl hatte denn ich merkte immer mehr daß artur unruhig wurde und ich mir das nicht erklären konnte einmal sah ich ihn ziellos durch die straßen irren er stand vor der kreuzung und glotzte wie ein schlafwandler und von dem augenblick an begann ich mir vorwürfe zu machen vielleicht ist er nicht zufrieden und kann durch den ganzen haushaltskram nicht zu sich kommen und wer weiß was ihm für absonderliche dinge durch den kopf gehen und je länger ich ihn anschaute um so gequälter erschien er mir und dann noch seine ewige suche nach arbeit jeden tag diese erniedrigung am liebsten hätte ich nun alle arbeiten selbst in die hand genommen doch als ich ihm davon erzählte hätte er beinah einen hühnerknochen verschluckt so entgeistert war er über meinen vorschlag er sah wirklich aus wie ein trostloses gespenst dermaßen aufgebracht hatte ich ihn noch nie gesehen er nahm das ganze essen das geschirr die gabeln und messer und warf sie aus dem fenster ich war wahnsinnig erschrocken daß er wegen so einer kleinigkeit derart randalierte und ich hatte angst daß noch etwas anderes dahinterstecken könnte aber er wurde von einer sekunde zur anderen wieder gut und entschuldigte sich tausendmal küßte mir die füße und trug mich ins bett und am nächsten morgen dachte ich du hast alles nur geträumt else doch ich hätte scheuklappen vor den augen haben müssen um nicht zu sehen mit welcher sorgfalt er seine kleidung säuberte er sah aus wie geleckt selbst die wimpern glänzten ölig er rasierte sich zweimal am tag schnitt sich einmal in der woche das haar das konnte ich nicht mehr mit ansehen es war eine graue sauberkeit die mir wie eine krankheit vorkam zuallererst dachte ich noch er will nur bereit sein für die große reise und wie versprochen mit mir nach andalusien fahren doch als ich ihn darauf ansprach reagierte er unwirsch und sagte dafür bräuchte man einen ganzen batzen zeit und davon habe er am allerwenigsten

so fängt entweder alles an oder es endet bing bong der alltag begann zu läuten dabei hätte mein herz immer klopfen sollen wenn ich die treppen hinaufstürmte zu meinem geliebten und ich wollte immer das leben dabei spüren so tief und fest und heiß und kalt und die liebe sollte nicht welken dabei mama mia er brauchte ja nicht abends vor meinem fenster pfeifen und mußte mich nicht entführen oder dieses ganze trallala aber irgendwie hatte ich angst um uns und so sagte und fragte ich nichts weiter nein ich wollte ihm nur zur seite stehen und das zu allen zeiten als ich jedoch heimlich versuchte das geschirr zu spülen und unauffällig begann seine kleidung zu säubern da nahm er mich eines abends in seine arme und endlich glänzten seine augen wieder und er sagte else meine kleine süße else es muß alles anders werden und ich höre noch heute meinen herzschlag wie er aussetzen wollte vor lauter glück aber pustekuchen alles hatte plötzlich den geruch von schule und artur holte einen zettel hervor und sagte das hier wird unser leben sein das ist der plan der nächsten woche das alles werde ich tun zuerst werde ich mich um die wiederherstellung des haushalts bemühen denn überall wo ich hintrete nur dreck dreck dreck dann die warmwasserleitung ich werde vorsprechen denn die briefe all das ganze geschreibsel taugt nichts man muß persönlich vorsprechen dafür brauche ich den braunen anzug denn der erste eindruck ist der wichtigste ja da wäre noch die reinigung und überhaupt dabei gab er mir einen stupser auf die nase obwohl ich das nicht ausstehen konnte aber das war jetzt auch egal schau nicht so entsetzt ich will dich nicht auffressen ganz im gegenteil mein süßes hascherl montag gibt es saltimbocca dienstag cowboysteak mittwoch deine geliebte kleine sülze ich werde dir den gaumen kitzeln du sollst dich auch nicht mehr abrackern der ganze saustall soll nicht auf deinen schultern lasten dafür bin jetzt ich zuständig es wird alles reizend werden und er plapperte und plapperte daß jede hausfrau ihn um diesen anfall beneidet hätte jeden abend wollte er meine kleider waschen denn nur so bekäme er den imbiß-mief heraus er wollte für alles sorgen ich war zuerst sprachlos dann konnte ich nur noch denken ach du lieber augustin alles ist hin alt und grau kam ich mir vor und ich dachte das kann doch nicht alles gewesen sein ich sah ihn an als wollte ich mit den augen etwas aus ihm heraussaugen aber eigentlich hatte sich nichts verändert er hatte sich nicht in einen anderen verwandelt er spielte mir auch nichts vor es war mein artur der sich nach jedem satz mit der zunge über die lippen fuhr als wollte er sich von all den worten reinigen die aus seinem mund stolperten und mich erschlugen aber dann bekam ich langsam eine regelrechte wut auf diesen blödsinnigen dreck die verdammte kocherei auf all das zeug von mir aus sollte er lieber die verrücktesten sachen der welt anstellen hundert frauen auf einmal krumme dinger drehen saufen oder was weiß ich alles bloß nicht so und ich hab mir wieder und wieder gesagt hab geduld else aber was hätte ich damit erreicht es wurde immer schlimmer einmal fing er an zu heulen und winselte wie bedeppert weil er mich nicht waschen durfte bevor wir zusammen ins bett sind und da hab ich einen bösen lachkrampf bekommen der sich lange nicht lösen wollte und hab zu ihm gesagt na gut mach an mir herum wie du willst aber dafür wird nur noch von hinten gevögelt denn schon lange konnte ich seine augen nicht mehr ertragen die immer dumpf durch mich hindurchsahen und wenn er anschließend mit seiner zunge an mir herumfuhrwerkte konnte ich darin weder liebe noch sonstwas entdecken alles war zum großen saubermachen geworden es wurde alles immer stumpfsinniger und ich hatte wahrlich keine lust eine einsame fregatte zu werden nichts klappte selbst wenn er es mit mir machte dieses an mir herumgegrabsche mit seinen feuchten händen streicheln konnte ich mich auch allein und bei ihm kam sowieso nur noch heiße luft aber mißtrauisch bin ich doch geworden obwohl ich oft noch dachte mein allerliebster artur sing mir das lied von damals das von dem französischen sänger mit dem meer der insel und den perlen aber dann sagte ich mir sofort sentimentale ziege halt aus halt aus das ist das leben ab und an ließ ich mich noch verarschen und mir was vorgaukeln aber pustekuchen es war alles wie an diesem tag als ich mit dem neuen kleid nach hause kam ein weißes mit mohnblumen drauf und reine seide und da nahm mich artur in seine arme und schnüffelte an mir herum zuerst die ohren dann ging er tiefer zur brust und zum nabel wie ein hündchen kam er wieder hoch legte seine nase in meine achselhöhlen und alles an mir wollte schon ratzbatz seufzen kurzschluß glück aber da sagte er nur der geruch du mußt den geruch von dem verdammten fetzen abwaschen peng da wurde ich auf einmal ganz ruhig nicht mehr wütend nur seltsam kraftlos und zum letzten mal wollte ich ihm sagen wie langsam alles kaputtging aber artur wollte meinen hilferuf nicht hören und fragte mich ob ich mir nicht die haare schneiden lassen wollte sie seien zu lang und würden sich überall breitmachen und festkleben mein prächtiges langes dichtes haar meinen humor hatte ich längst verloren sonst wäre ich wie eine hexe zum fenster hinausgeflogen für immer und alle ewigkeit doch auf der anderen seite konnte ich ihn nicht allein lassen artur brauchte mich vielleicht war er wahnsinnig geworden ein armer irrer idiot vielleicht war auch alles ganz normal und mein hirn reichte nicht aus diese veränderungen zu begreifen und vielleicht würde alles wieder gut wenn ich nur geduldig war am nächsten tag hängte er dann überall diese fliegenfänger auf obwohl sich mitten im winter keines von diesen viechern zeigte jeden samstag las er mir den wochenplan vor jeden mittwoch machte er es mir von hinten und dann wurde er immer schmaler immer farbloser sah aus wie ein glatter peitschenstiel so nervös und wackelig immerzu war alles in bewegung an ihm oft wenn ich nach hause kam kniete er putzend vor dem klo und kaum mußte ich mal lief er mir hinterher um die tropfen abzuwischen immer häufiger schloß er sich in ein zimmer ein um kakerlaken zu jagen ich brauch wohl gar nicht sagen daß es keine gab und dann die fischbüchsen jeden tag brachte er eine andere an und lachte wie ein kleines kind über jede neue sorte über jedes neue etikett aber bald konnte ich keinen fisch mehr sehen wir erstickten fast daran und trotzdem würgte ich ihn jeden tag hinunter manchmal hatte ich sogar das gefühl daß selbst artur den fisch wieder heimlich herausbrach und ich verstand immer weniger abends im bett weinte ich oft und träumte daß artur mich wieder ansah wie früher eindeutig liebestoll aber nichts erfüllte sich inzwischen hatte ich mir ein wenig meine eigene welt geschaffen und muddelte vor mich hin ich war in eine sportgruppe eingetreten die sich über eine bestimmte atmungstechnik freimachen wollte naja neulich hat mich sogar ein kerl angesprochen sehr nett von einer selbstfindungsgruppe oder weiß der teufel von was auch immer natürlich glaub ich nicht an diesen ganzen humbug alles bauernfängerei ich weiß aber ich bin so gottverdammt allein und zum saufen hab ich keine lust nur reden will ich irgendwas verstehen über gott und die welt und omas hund der bellt und dabei könnte doch alles so einfach sein brot salz wein von mir aus auch wasser artur und ich ein mann eine frau und die liebe aber ich kann auch nicht mehr hinüberkommen ins helle bloß weil man nichts mehr versteht kann man nicht einfach ja sagen und alles abschütteln und artur armer artur selten möchte ich ihn noch an mich ziehen und küssen aber selbst das seltene fällt mir schwer er rennt nur noch von a nach b es ist das reine elend ihn anzuschauen seine augen flitzen hin und her und immerzu ist er am putzen kaum ist ein krumen im mülleimer stolpert er damit die treppen hinunter er scheuert wischt bohnert rast durch die straßen streunt durch die fischläden aber er lebt er atmet obwohl er inzwischen immer grotesker wird und lächerlicher wenn ich daran denke wie ich ihn anstaunte wie er sich vor mir aufspielte in seinem schwarzen mäntelchen und jetzt liegt er da wie eine mumie ein nasser sack er sappert beim essen um sich anschließend säubern zu dürfen um überhaupt etwas zu tun oft frage ich mich wozu er überhaupt noch auf dieser welt ist doch unbeirrbar stapft er durch die gegend kaut jedes wort zweimal durch wie eine kuh wedelt mit seinem zeigefinger herum als wollte er ihn irgendwo einhaken in der luft dann wieder schwatzt er stundenlang mit dem nachbarn schaut den mond an als wollte er ihn herunterholen und in fleckenwasser legen laufend stellt er die möbel um schwitzend entwirft er pläne über küchen und regale blumentöpfe blattläuse über mich die kleidung er ist wie ein witz ohne brüller trocken und sauber und ein einziges wort benutzt er immerzu und spricht es geradezu mit rasender inbrunst aus tabula rasa

3
Die Mutter

Gestern kam Artur. Er spannte ein Seil von einer Häuserwand zur nächsten und balancierte darauf wie ein Holzkasper. Ich rief ihm zu, er solle mit dem Unsinn aufhören und sich in meine Arme fallen lassen. Aber die Milchstraße, rief er zurück und deutete mit dem Kopf nach oben. Und ich stand an seiner Stelle auf dem Seil, es waren seine Augen, mit denen ich sah, derselbe ängstliche Blick, mit dem er mich manchmal anschaute, als wäre ich ein fremdes Wesen. Brachte mir früher der Schlaf noch die schwarzen Traumteufel, die mich halb ausgelöscht vor Angst und doch erleichtert erwachen ließen, so ist das Schlafen heute nur noch Zeiträuberei. Und Artur ist lange fort, weiß Gott wo.

Ich verlange nichts mehr. Obwohl es an der Zeit wäre zu verlangen. Die Vögel vorm Fenster. Gern möchte ich hinaus, doch ich kann dieses Haus nicht verlassen. Ich hocke wer weiß wie lange auf der Truhe neben dem Ofen. Neben mir das Huhn. Der Sturm rasselt durch die Bäume, manchmal höre ich die Dachziegel stürzen. Ich ängstige mich nicht, kein loser Stein wird mich treffen, das bringt mich nicht um. Aber die Füße! Nicht, daß sie tanzen sollten, nur ein wenig den Boden berühren. Es ist der blanke Trotz. Sie sind kindisch geworden. Gingen die Füße mit mir hinaus, würden sie mich im Stich lassen, nicht einmal zu der kleinen Bank vor dem Haus würden sie mich tragen. Dieses Gesindel. Nur keine Krankheiten, habe ich schon immer gesagt. Die Hände sind so eisig. Das Huhn? Es würde mich in meinen Schmerzen verenden lassen, aber es darf mir nicht davonflattern. Ich habe Körner im Zimmer ausgestreut. Das Huhn ist blind. Solange ich zurückdenke, gab es immer ein Huhn in meinem Leben. Der Sturm heult. Die Fensterläden müssen repariert werden. Die Vorhänge schleifen, der Staub frißt sich durch.

Der Läufer vorm Fenster, jeden Abend, Tag für Tag, jahrelang. Irgendwann wird der Sturm aufhören, die Söhne werden kommen. Damals, im Dorf am Meer, kam der Stallknecht. Ich hatte immer Furcht, mein Geschlecht zu sehen. Wenn ich mein Nachthemd hob, war es da. Und dann Mutter werden. Gebären. Der Stallknecht brachte mir jeden Morgen Milch und frische Eier. Er gefiel mir nicht. Er lief mit seinem Hinkefuß erschreckend schnell. Und dann das Hecheln. Mehrmals trieb er seinen Samen in mich hinein. Ohne viel Licht. Auf einer Böschung. Aber ich will nichts sagen. Ich war glücklich. Der Tabakgeruch. Die Füße schwebten. Das Hochzeitfeiern. O du gute, gute Liebe! Draußen, auf der Weide, die Schafe leblos wie Steine, ich dazwischen, das Meer hinter mir. Die Mohnblume, die Kornblume, die Margerite, die Weizenfelder bis zum Horizont, Wetterleuchten über dem Berg. Die Arme des Stallknechtes. Er trug mich über die Schwelle. Das Haus. Die Treppen hinauf, hinunter, die Küsse hinter dem Ohr, am Hals. Das Kleid schön wie der helle Tag, das Bauschen der Stoffalten, überall verstreute Rosen. Die winzigen Schnallen an meinen Füßen, Getrippel, Getrappel, der gewundene Weg hinunter ins Dorf, die Kirchturmspitze, der Wetterhahn, der Name des Mannes. Gebären. Die Kinder. Das Huhn. Hereinspaziert, hereinspaziert. Die Gewöhnung an den Geruch des Mannes. Die Ermattung. Die Vögel vorm Fenster. Bis zum Morgengrauen folgen ihnen die Augen.

Aber was red ich wie ein Wasserfall. Daß mir der Mund so geht! Draußen wieder der Läufer. Er wendet nie den Kopf.

Artur mein Sohn. Ich wollte ihn vor dem Leben schützen und ihn aus mir herauskratzen. Aber einmal da, wollte er bleiben. Aber ich will nichts sagen. Es war vielleicht etwas anderes. Früh und abends ist er eingeschlafen, in meinen Armen, auf meinem Bauch.

Ich erinnere mich. Das Dorf am Meer. Der Knecht in der Tür, geduckt zum Sprung, das Knie nach vorn geschoben, endlos langer Korridor,

Scherben, die Hände auf meinem Hals, der Heuschober am nächsten Tag, die Hände im Heuschober auf den Brüsten, die Zunge des Knechtes meine Wunden leckend. Nachts unter dem Rauschen der Bäume spazieren, die lange lange Straße entlang, friedliche Wölbung des Bauches, gemächliche Schritte, die Hände des Knechtes fürsorglich, sein Lachen, der Himmel für alle. Einen Moment sah ich das Seil aufblitzen, auf dem Artur später den Kopf zur Milchstraße wendete. Schnell weg.

Ich erinnere mich. Im Dorf am Meer ein winziger Friedhof. An den Rändern der Gräber Blumen von ungeheurem Rot, der Geruch, das Leuchten ihrer purpurnen Kelche; ich erwiderte den Blick des Knechtes, der meinen Weg durch die Felder kreuzte. Der Knecht lachte oft wild, die Hände in den Hosentaschen, große Fäuste, den Daumen im Innern der Hand. Wenn er den Schluckauf hatte, hielt ich ihm die Nase, er trug mich in seiner hohlen Hand. In einem Anzug mit vielen Knöpfen führte er mich zu dem Haus seiner Mutter, die am Fenster saß und auf ihn wartete. Sie begrüßte mich, indem sie mir mit dem Zeigefinger leicht auf den Bauch klopfte. Ihre Augen, das Auffallendste an ihr, leuchteten mir schon von weitem entgegen, ein huschender Späherblick in einem Adlergesicht. Kam ich näher, sah ich, daß ihre Augen geschlossen waren.

Alle warteten und zählten die Tage, bis das Kind

fertig war. Ein Zimmer wurde mit weißer, gestärkter Wäsche gefüllt, eine Schaukel an der Kastanie befestigt.

Wohin wohl alles entschwunden ist; all die Winterabende, das Stapfen im Schnee, die durchfrorenen Gesichter, manchmal in meiner Hand eine andere. Dann der Sommer, die Obstbäume im Garten, die frische Erde, die unter meinen Füßen wie von selbst davonlief, der Lichtstrahl am frühen Morgen durch die Fensterluken, der Knecht. Die Kinder, die Sorge, die Kinder ein Wirbelwind tagein tagaus, und dann das plötzliche Nichts. Auch Artur ist wie alles andere verschwunden, hat sich verflüchtigt, in Luft aufgelöst. Gerade noch hielt ich seinen Kopf, las ihm die alte Geschichte vom Luftloch vor, sah ihn heimkommen, fortgehen. Das viel zu schnelle Wachsen. Immer noch, immerzu. Nach oben, nach unten, unaufhörlich. Alt. Dem äußeren Anschein nach. Das Zimmer vom Mond erleuchtet. Die Schatten der Gegenstände; das Regal mit den Gewürzen. Der verstaubte Farbdruck, Das große Gewitter über dem Meer. Das unruhige Flakkern der Kerze, die surrenden Mücken in ihrem Licht. Ich höre die Motte im Sessel, den Wurm in der Truhe, überall Leben. Draußen der Läufer. Er umkreist das Haus. Gestern nacht bin ich von einer Stimme erwacht. Der Knecht? Das Huhn? Der Läufer? Die kalte Hand wie ein mageres Kopfkissen unter den Kopf geschoben. Der Spiegel auf der

Kommode mir gegenüber. Die Hand, die das Nachthemd hebt und den Körper berührt. Immer wieder. Und der eigensinnige Mund, der nicht ablassen will. Eine Drohung? Das Huhn muß versorgt werden. Es ist stumm. Die Körner hört es aus meiner Hand rieseln. Es geht starr mit blinden Augen darauf zu und pickt. Manchmal locke ich put put put. Aber es reagiert nicht. Nur von Zeit zu Zeit pickt es nach den Körnern. Meistens in der Mittagssonne. Für den Rest des Tages liegt es reglos, wie aus Stein. Es verliert hier und dort einige Federn. Es atmet. Ab und an streckt es seinen Schnabel in die Luft, erstarrt. Dann höre ich das Hühnerherz schlagen. Oder ist es mein eigenes? Unablässig. Nicht zu ersticken. Ich möchte ans Fenster. Der Befehl an die Füße, sich durchzuarbeiten zum Vorhang. Meine Bitte, das Flehen, die Hand, die über die unerbittlichen Fußsohlen streift. Ich erinnere mich. Die Kinderzeit. Ich will nicht. Das Geräusch des Schlüssels in der Tür. Der Uringeruch, der warme Strahl, der die Beine herunterrinnt, ein Mückenstich, die kratzende Hand, die kleinen Teufel unter den Fingernägeln. Der frühe Morgen in der Stadt. Im Regen die Kirchenglocken, die Straßenbahn, die um die Ecke biegt. Im Bett das leise Rascheln der Seiten. Das Bilderbuch mit der Geschichte vom Kater und dem Straußenei. Der leise Schlaf der Eltern.

Eines Tages erwachte ich mit einem tiefen

Schmerz. Die linke Seite meines Körpers war bleischwer. Nur für einen Augenblick. Das Herz schlug weiter. Ich stand aufrecht, die Augen schauten aus dem Fenster, der Himmel offen. Die Hand auf der Türklinke, kalt und trocken, unfähig, einen Finger zu rühren. Scheinbar hatte sich nichts verändert. Der Vater rief, ich antwortete, die Nasenlöcher ließen die Luft passieren, die Mutter schrie. Von meinem gesparten Geld kaufte ich ein Huhn.

Draußen im Regen der Läufer. Er trägt ein weißes Hemd. Die Hände so eisig. Nur keine Krankheiten jetzt! Ich habe mir eine Hühnerfeder ins Haar gesteckt. Klopfte es an der Tür, würde ich rufen: Vorsicht! Früher wurde ich einmal mit einer berühmten Schauspielerin verwechselt. Einer schenkte mir eine rote Magnolie.

Allein. Der Besen neben der Truhe. Mit ihm zum Fenster hinausfliegen, mich durch die Luft tragen und auf der alten Kastanie absetzen lassen. Nein. Ich plumpse von der Truhe, die Stirn schlägt auf, dann die Hände. Ha, das Herz. Die Ellenbogen und Knie stoßen sich ab. Soviel schwarze Käfer in den Ecken, Spinnennetze, mein Atem bringt alles zum Erzittern. Ich zieh mich am Vorhang nach oben, die Brust geht rasend. Draußen der Läufer. Oho, er ist alt. Ein tanzender Mückenschwarm vor meiner Nase. Daß ihnen die Luft nicht ausgeht. Sie feiern Hochzeit. Hereinspaziert, hereinspaziert. Sie ziehen in den Himmel. Welch ein Glück.

Ihre hingehauchten Körper, ihre winzigen Beine, alles lebt, so wild. Die Luft, so ungestüm. Daß es das gibt. Die Augen sollen sich satt schauen, nein, den Vorhang zu.

Ich erinnere mich. Das Dorf am Meer. Zwischen den verlassenen Weiden der gewundene Weg hinauf, Schritt um Schritt ihm entgegen, in Windeseile auf ihn zulaufen und sein Gesicht mit Küssen bedecken.

4

Der Blinde

Schließ ich die Augen, sehe ich am Horizont einen Menschen gehen. Er trägt eine kleine Laterne. Dieser Mensch bin ich. Er fragt mich, was ich sehe. Ich sage: Nichts. Er antwortet mir, daß ich ein Hochstapler sei. Er weiß nichts von mir. Er weiß nicht, daß der unablässig nach Licht Suchende sich längst ein Licht erträumt hat, das Gegenlicht. Die Augen, die ich überall, in den Händen, den Füßen, im Rücken trage, die tausend leuchtenden Flimmertierchen auf meiner Haut sind nur Boten. Auch sie verstehen nichts. Das einzige, was zählt, ist das Liebhaben. Oft nehme ich meinen Stock und laufe, den Schwänen und Bleßhühnern lauschend, am Fluß entlang. Ihr nachtschwarzes Geschnatter steht wie ein Punkt in der Luft. Die Frösche verstehen die Enten und die Enten die Frösche. Sie herrschen mit großer Selbstverständlichkeit über die Wassertropfen. Die Wassertropfen antworten mit Gelassenheit. Schnell haben sich, wenn ich wandere, herumstreunende Hunde an meinem Knie versammelt. Ich vergrabe meinen Kopf in ihrem Fell und rieche ihr Hundeglück. Dieses Hundeglück ist nicht im eigentlichen Sinn ein Geruch, vielmehr ist es ein Zustand, dem ich unfreiwillig ausgeliefert bin. Mein Körper ist dann ein einziges Riechorgan. In Sekundenschnelle liege ich bewegungslos in einem Gebirgsbach, ich möchte weinen, gleich bin ich mückenzerstochen bei den Blaubeerbüschen und schmatze und schmecke, soviel Trost, die Bäume lachen, dann wieder steh ich an eine feuchte, nach Ziegelrot riechende Mauer gelehnt, ein Kuß, das Rascheln von Mädchenröcken, Träumen und Glücklichsein. Das alles finde ich in einem Hundefell wieder. Ein reiches Leben, sollte man meinen. Wenn ich diesem Leben nur trauen könnte.

Habe ich genügend mit den Hunden herumgetollt, gehe ich zu meinen Freunden. Ich laufe hinunter zu den Zirkuswagen und besuche Belgrad, die dort auf mich wartet. Früher war sie Tänzerin, alle Welt sprach von ihr, heute ist sie wegen einer schleichenden Lähmung Kassiererin. Jeder mag sie. Und für mich ist sie immer noch die bezauberndste Frau, für die es nur eine Frage des Willens ist, ob sie sich wieder erhebt und ihre Beine bewegt. Das schönste an ihr sind ihre warmen Augen, die sicher braune Pupillen und einen dunklen Rand haben. Am liebsten möchte ich hineinspringen, wegtauchen und eine andere Welt betreten. Warme Augen sind das Gegenteil von kalten Augen, die noch so schön sein, noch so feurig funkeln können, sie sind immer wie Türen ohne

Klinken und man steht staunend und ratlos davor, ohne eintreten zu können. Belgrad kann nur warme Augen haben, das fühle ich. Oft erzählt sie mir aus ihrem früheren Leben, von ihren wunderbaren Verwandlungen auf der Bühne. Die Luft ist dann erfüllt von allen aufregenden weiblichen Attributen; Puderwolken, fliegende Kleider, Hüte, die übermütig durch den Wind segeln, Geheimnisse. Ich laß mich einlullen von dieser Welt und von Belgrad, deren Körper jetzt eine Karosserie ohne Steuer ist. Aber das spreche ich nicht vor ihr aus. Erst im Bett, kurz vor dem Einschlafen, wenn ich wirklich allein bin, rede ich noch einmal zu ihr. Und da erzähle ich ihr noch ganz andere Sachen. Nicht mehr einen Raum, einen Luftort mit ihr teilend, zeigt sie sich mir endlich ganz. Und es gibt keine größere, keine fröhlichere Empfindung, als den Menschen ganz zu sehen. Diese Augenblicke, meine Reden an alle, abends im Bett, bringen mir die Gelassenheit für den Tag. Tief sauge ich die Luft in mich ein, durchtränkt vom Getöse und Schweigen der Dinge. Und in einem unbestimmten Licht stehend, das ich mir jedesmal anders ausmale, warte ich auf Albert, den Rosenverkäufer. Er kommt jede Nacht klein und schmächtig dahergehuscht und begrüßt mich wie ein Vogel mit allen Tonleitern und Trillern. Er ist ein freundlicher, wenn auch nervöser Mensch, aber das liegt sicher an seinem italienischen Blut, er erzählt und stampft gleichzeitig mit den Füßen, oft ist er empört, wenn er von Café zu Café hastet und niemand seine Rosen kauft. Dann stößt er in seiner wohlklingenden Sprache Verwünschungen und Flüche aus, und zu guter Letzt folgt jedesmal der Satz des Philosophen, mit dem seine Empörung abschließt. Doch Albert ist schnell besänftigt, seine restlichen Rosen nehme ich für die Hälfte des Geldes und schmücke ihn damit. Er krümmt sich und schnurrt wie eine Katze vor Vergnügen, und der Duft, der von ihm ausgeht, ist betörend. Wir sind zwei nächtliche Herumtreiber und in gewisser Weise Augenzwillinge, durch die krummen Gassen streifend sieht Albert das, was ich erzähle. Und ehe wir dann einkehren in eine gemütliche Kaschemme, schauen wir noch bei Else vorbei. Else führt einen lockeren Imbiß, bei dem es immer lustig zugeht, manchmal bekomm ich wie aus heiterem Himmel eine Wurst in die Hand gedrückt und bin beglückt wie ein Kind. Neuerdings aber ist sie schweigsam, sagt kaum ein Wort, oft ist sie auch wie ein verwirrtes Eselchen, bockt, weicht vor jeder Hand zurück, und nur an ihrer sanften Stimme merke ich, wie sehr sie sich sehnt. Plötzlich spüre ich auch die sich abblätternde Farbe an den Tischen, den Rost, der alles in sich einschließt und mir in die Nase steigt. Und ich stehe sprachlos da. In letzter Zeit muß wohl etwas in ihr vorgegangen sein. Sie trinkt, sagt Albert, und Säufern und vor allen Dingen Säuferinnen soll man aus dem Wege gehen, man soll sie sich selbst überlassen, so lange, bis sie aus der Senke wieder aufgetaucht sind. Er hat recht. Ich höre, wie sie zwischen jeder Bulette, die sie herausreicht, mit gierigen Schlucken, die schneller als jeder Gedanke sind, eine Flasche leert, ohne Zweifel eine Schnapsflasche. Dazu erzählt sie die unglaublichsten Geschichten. Und diese Geschichten klingen nicht sehr schön, und das Erzählen hat nichts mehr mit Unterhaltung zu tun. Eher ist es Blöken, Herausstoßen von Lauten. Keine Spur mehr von der, die wir alle so sehr mochten, sie läßt sich gehen. Haltung, auch im Elend, ist das mindeste, was man verlangen kann. Das Mitleid, das ich für Else empfinde, weicht langsam einer ungeheuren Wut. Ich kann nicht verstehen, wie man sich derart zuschütten kann. Ich für meinen Teil werde nicht mehr zu Else gehen. Ich verstehe nicht, was sie da herausschreien will. Alles an ihr zieht nach unten, und ich habe keine Lust, mich von ihrer vergifteten Seele anstecken zu lassen. Ich muß weiter. Wir alle müssen weiter. Die Uhr schlägt zwei, und ich muß mich beeilen, will ich noch etwas von der Nacht abbekommen, denn ehe man sich umsieht, kommt unberechenbar wie der Teufel der Tag geschlichen. Der Tag ist wie eine Krankheit, und wäre ich nicht eine Frohnatur, würde ich ihn verbieten. Aber wie gesagt, es geht alles weiter. Immerzu. Der Mensch trägt den Himmel und die Hölle in sich. Und es geht darum, diese Chancen auszunutzen, diese Größe, die in uns ist. Nun muß ich doch endgültig in der Vergangenheit erzählen, obwohl der Tod keinen Unterschied zum Leben macht, kann ich ihn nicht mehr austauschen, er ist endgültig, und keine Reklamation ist möglich. In der Nacht hat er mich gepackt, der Lastwagen, mehr gibt es dazu nicht zu sagen. Von einer Faust zurückgeschleudert, lag ich in mehrere Leinenlaken gehüllt auf der Intensivstation. Der Mund war trocken, die Augen verklebt, ich blinzelte, sah die Schwestern, ihr Mitleid, ihre Fürsorge, meine Nase, zum Teil noch im Himmel steckend, war riesengroß, die Tränen rannen mir über die trockene Haut am Hals hinunter, die Kehle brannte, ich begann die Schläuche zu spüren; davongekommen, dachte ich. Mein Herz wollte explodieren vor lauter Empfindungen, wo ist Albert, wo Belgrad, all meine Freunde, wo seid ihr, ich lebe. Doch ich stand allein vor den Krankenhausmauern, nur meinen Entlassungsschein in der Hand, und sonst nichts. Keiner kam und sagte: Ich habe mich so auf dich gefreut. Ich weiß nicht, ob ich es anders erwartete. Das war es im großen und ganzen, Tage, Nächte, Sehnsüchte, und auch das wenige schrumpft noch, und ich habe nichts in den Händen, wenn ich das alles noch einmal überdenke. Ja, und dann kam der Tag. Im Grunde genommen ahnte ich es vorher. Es war einer von diesen eintönigen Tagen, in der glühenden Mittagshitze hörte man nichts außer einem Gesang von irgendwoher, vermischt mit schläfrigem Vogelgezwitscher, die Fenster wurden nur geöffnet, um einen kurzen, warmen Sommerregen hereinzulassen, und alles, was sich draußen bewegte, suchte im Schatten Erlösung. Zwei, drei Kinder stromerten in meiner Nähe. Ich kam mir vor wie ein vergreistes Kind, gern hätte ich mit ihnen gespielt, die plötzlich keinen Mucks mehr von sich gaben. Wohin waren sie verschwunden? Hatte eine Mutter sie zum Essen gerufen? Tauschten sie Geheimnisse aus? Berührten sie einander? Für sie war ich bloß ein alter Mann. Und doch wollte ich zu ihnen gehören, von einer Mutter getröstet werden, vor blanken Tellern sitzen, ein Stoßgebet zum Himmel schicken, weil die Kameraden warten. Da hörte ich sie wieder. Sie tuschelten, daß im Keller der Wolf säße, und wenn der nur wollte... Plötzlich stand ein Kind neben mir, seine winzige Hand schob sich um meinen Zeigefinger und hielt ihn fest. Komm, sagte der Junge und nahm meine Hand und legte sie für Sekunden auf sein Gesicht. Ich spürte sein kurzes, pochendes Leben, und seine Angst. Der Schweiß rann mir den Rücken hinunter, und der Junge erzählte mir eine Geschichte, deren Sinn ich nicht erfaßte, aber seine Stimme besaß alle warmen Farben, nach denen ich mich sehnte. Komm, sagte er wieder, und als hätte bis jetzt alles den Atem angehalten, setzte plötzlich das Leben ein. Ein regelrechtes Tosen begann, das Quietschen der Autos, Hundegebell und ein allgemeines Brüllen und Schreien verdichteten sich zu einem orkanartigen Brausen, oder war es Gott, der orgelte, der auf der Kreuzung stand und mich ansah, und ich ihn, ich konnte ja sehen, nie war ich richtig blind, das begriff ich erst jetzt. Ich spürte noch kurz die Hand, die sich aus meiner löste, den Jungen, der davonrannte. Überall Fischgeschmack und der Geruch von frischem Teer, fuhren die Schiffe aus? Ein Tuten überall, die Ferne, weiße, unmögliche, wunderbare Ferne, warum hielt mich niemand fest? Das Leben drang noch einmal kurz in den Magen, eine heftige Stille, kurzes Aufbäumen, dann ein letztes Erstaunen, immer wieder ein letztes, eh ich auf die Knie und kopfüber ins Dunkel fiel; ein letztes Mal schauen, Erde, Himmel, Sterne, das Meer, bitte laßt mich nicht allein, gebt mir meinen Stock, Gelächter, Rufe,

5
Albert

Gestern abend stand ich am Zugfenster und sah hinaus. Ich hatte einen mir unbekannten Ort zum Ziel gewählt und eine Fahrkarte dorthin gelöst. Mich erwartete niemand. Als der Zug aus dem Bahnhof rollte, betrachtete ich die zurückbleibenden Menschen auf dem Bahnsteig, hoffte auf einen letzten Blick für mich, den unbekannten Reisenden, der, indem er sich entfernt, den Abschiedsschmerz mitnimmt. Meine Augen konnten sich nicht satt sehen an dem Lichtermeer der Stadt, den dunklen Gebüschen an den Schienenrändern, meine Nase roch das verbrannte Herbstlaub in den Wiesen. Im Bogen der Brücke, die mich ein Stück begleitete, spielten die Lichtwellen der Flußzeile. Zwischen den Weiden landeten im Abendgeglitzer die Enten. Ein einzelnes Licht hob sich in einem abseits gelegenen Haus aus der Nacht. Als ich mich umdrehte, stand Artur vor mir. Auch er hatte gerade das Zugfenster geschlossen. Beinahe hätte ich ihn nicht wiedererkannt. Er stand unbeweglich, die Hände in den Hosentaschen, als sollte ich ihn fotografieren. Er war unrasiert, die buschigen Augenbrauen wuchsen über der Nase zusammen.

Als ich ihm die Hand gab, schaute er auf seine Schuhspitzen. Ich war verlegen. Auf seinem Gesicht war eine Tränenspur zu sehen. Vielleicht schämte er sich ihrer. Ich sagte etwas, über seine Lippen kam kein Wort. Als ich ihm eine Zigarette anbot, zuckte er die Achseln und ging den Wagengang hinunter. Das schwarze Mäntelchen schien ihn irgendwie zusammenzuhalten, den linken Fuß zog er ein wenig nach. Sein Hinterkopf mit den angedrückten Haaren glich dem eines alternden Liebhabers, der überstürzt das Bett verlassen mußte. Mit einem Mal war mein ruhiges Gleichgewicht durcheinander, ich fühlte mich elend. Meine Hände schwitzten und die Narbe unterhalb des Knies begann wieder zu schmerzen. In einem Luftloch wollte ich versinken. Was hatte das Leben für einen Sinn, wenn es innerhalb eines Augenblicks zusammenbrach, und zwar nicht nach einer Naturkatastrophe, sondern weil mir ein Freund einen verständnislosen Blick zugeworfen hatte. Vielleicht hielt Artur mich für einen Fremden? Aber nein, er hatte sich verraten mit dem vereinbarten Zeichen – das linke Auge dreimal im Wechsel mit dem Rechten zu schließen –, was soviel hieß wie: Ich erkenne dich. Ihm hinterhereilen und ihn zur Rede stellen? Jahrelang hatte ich geglaubt, in ihm einen Freund zu haben. Diese Gewißheit hatte mich an schlechten Tagen getröstet; anstatt meine Verzweiflung herauszuschreien oder mir einen

Strick um den Hals zu binden, hatte ich an Artur gedacht. Im ersten Licht hielt der Zug an einer abgelegenen Bahnstation. Eine Bauersfrau, deren Wangen leuchteten wie Weihnachtsäpfel, trug schwer an einem großen Korb. Ein alter Soldat nahm ihr den Korb ab und half ihr nach Art der Charmeure in den Zug. Es nieselte noch immer. Mich begann zu frösteln, die Feuchtigkeit kroch mir in die Glieder. Das Abteil war schlecht geheizt, meine Kleider rochen nach kaltem Rauch. Mein Knie zitterte. In meiner Hosentasche fühlte ich die Kühle des halben Steins. Die andere Hälfte besaß Artur. Ich hörte die Amsel und hielt den Atem an, sie mußte in einem Gebüsch am Bahndamm verborgen sein. Vielleicht fuhr der Zug direkt in den Himmel. Ich merkte, wie sich über meiner Nasenwurzel etwas lösen wollte, wie meine Hand über die Fensterscheibe fuhr. Auf der nächsten Station stieg ein alter Mann zu, der unaufhörlich murmelte, bei jedem Laut schlug er sich gegen die Brust, aus seiner Reisetasche lugte ein Segelboot mit eingeknickten Masten hervor. Ich wollte ihm etwas sagen, aber ich wußte nicht was. Der Zug fuhr durch einen Tunnel, ich schloß die Augen, um mich von der Helligkeit überraschen zu lassen. Ganz in dieses Spiel versunken, bemerkte ich den Schaffner nicht, der ungeduldig vor mir stand. Und während ich in meiner Tasche nach der Fahrkarte suchte, sah ich plötzlich am anderen Ende des Wagens Artur auftauchen. Er kam näher. Um unbeteiligt auszusehen, wippte ich mit dem Fuß. Mein Herz raste. Inzwischen hatte er mich erreicht, er schaute mich an, zwinkerte dreimal kurz und gab mir die Hand. Stand die Welt still? Ich hatte wieder einen Freund.

Weißt du, vorhin, fing er an.

Nein, nein, schon gut, schnitt ich ihm das Wort ab.

Ich nahm seinen Arm und drückte ihn. Ich war glücklich. Er war es auch, das sah ich an seinen Pupillen, die er übermütig im Weiß seiner Augen kreisen ließ. Wir rauchten jeder eine Zigarette. Er riß von der seinen das Filterstück ab. In diesem Augenblick gingen mir die absonderlichsten Gedanken durch den Kopf. Die Welt schien mir plötzlich erfüllt von der Möglichkeit des Glücks. Sobald ich mich mit dem Gefühl vertraut gemacht hatte, nicht mehr allein zu sein, sah ich Artur aufmerksam an. Wir hatten einander nichts zu verbergen. Der winzige Fellkragen auf seinem schwarzen Mäntelchen war an einigen Stellen wie abgeäst. Dazu trug er eine hübsche gemusterte Krawatte. Die Schuhe waren erstaunlich, sicher seltenes Leder. Sein kupferrotes Haar, das sich hinter den Ohren zu kleinen Locken kringelte, trug er in der Mitte gescheitelt. Jetzt bemerkte ich auch die zuckenden Mundwinkel, die an beiden Seiten eingerissen waren. In den Händen hielt er eine schmale, abgewetzte Ledertasche. Meine Hände waren leer. Ob er eine Geliebte hatte? Ich sah keinen Ring an seinem Finger. Lange Zeit standen wir reglos. Ein leichtes Zittern lief über sein Gesicht. Unter seinem rechten Auge sah ich plötzlich einen braunen Fleck, ein Muttermal, aus seiner Nase wuchsen drei stachlige Haare. Eine unbestimmte Scheu hielt mich zurück, ihm um den Hals zu fallen und ihm Freundschaftsworte ins Ohr zu flüstern. Ich versuchte gefaßt auszusehn. Wir waren erwachsene Männer. Ernst schaute ich auf die Landschaft, die am Zugfenster vorbeiflog. Als der Zug in den Bahnhof einrollte, sah ich seine wild klopfende Halsschlagader. Ich wollte nicht hilflos sein. Ich hatte nur diesen einen Freund. Wir verabschiedeten uns schnell. Seine Stimme brach mitten in einem Wort ab. Als er mir die Hand gab, hatte er sein Gesicht schon abgewandt. Mein Arm, mit dem ich einen Abschiedsgruß auf seine Schultern klopfen wollte, blieb in der Luft. Ich nahm ihn herunter, sobald Artur aus meinem Blickfeld verschwunden war. Zuletzt sah ich ihn, wie er in seinem viel zu kleinen Mäntelchen, mit seinem nachschleifenden Fuß und springenden Armen um die Ecke bog. Am Himmel sammelten sich die Vögel, bereit für die Reise.

6
Artur

Es würgt mich. Mein Körper bebt und mein Mund stößt bittere Brocken heraus. Die Luft ist voll von Gerüchen. Zum Bersten voll. Es ist Frühling. Ich bin noch da. In das Herausgewürgte zeichne ich mit einem Stock kleine Bilder. Tiere, einen großen Berg, Bäume. Nun ist es erledigt. Ich werde wieder essen. Es wird mich wieder würgen. Alles geschieht wie von allein. Aber es gibt kein verzweifeltes Festhalten am Toilettenbecken mehr, kein Aufschlagen mit der Stirn auf die Klobrille, ob am Fußboden oder in Raubtierhaltung, es ist egal. Einige Fragen gibt es noch. Ich möchte wissen, ob anderen Menschen dieselbe Bitterkeit wie mir in der Kehle sitzt. Else sagt, die Kehle ist der Sitz der Seele. In deren Mitte soll ein Feuer brennen. Aber sie hat es mir nie beweisen können.

Wenn ich wollte, könnte ich mich beschäftigen. Die Arme, die sich um meinen Körper legen, könnte ich kreisen lassen, schlenkern oder damit herumwedeln. Der Mund öffnet sich, und schon ist die Zunge da. Früher konnte ich meinen Magen so dirigieren, daß er, um eine Lebendigkeit in den Körper zu bringen, gehorsam erbrach. Aber auch das ist vorbei. Er erbricht, obwohl ich es längst nicht mehr will. Kaum befördere ich einen Krumen vom Mund in die Speiseröhre, kündigt ein inneres Rumoren die Verweigerung an, und unverdaut werden die Brocken wieder aus mir herausgeschleudert. Lange Zeit konnte ich mich nicht daran gewöhnen, daß mein Körper und ich Gegner in einer Hülle waren. Behandelte ich meinen Körper zu hochmütig? Er ist oft unermeßlich kalt. Er liebt es nicht, wenn ich lächle. Er vereist, wenn ich in Tränen ausbreche. Vielleicht sieht er, daß nichts, aber auch gar nichts an den Dingen, die mich umgeben, etwas mit mir zu tun hat. Alles fremd, mir zugeteilt von Fremden. Ich bin eine aus Jahrhunderten zusammengeflickte Mißgeburt, nicht einmal meine Häßlichkeit gehört wirklich mir, das scheint mein Körper zu begreifen. Eines Tages wird er mich erblinden und taub werden lassen. Ich bin ihm ausgeliefert. Er wird der Leere überdrüssig werden. Dann wird sich all das von mir Erbrochene gegen mich kehren und mich wie der süße Brei ersticken. So wie im Märchen, der Himmel der Kindheit wird aufleuchten. Dann ist Ruhe. Man ist ohnehin nur noch eine wandelnde Gruft. Drinnen Totenstille, draußen Laute. Aus dem Mund tönen Worte. Wie aus einer anderen Welt. Es ist ohne Bedeutung. Sicher werde ich in einem Luftloch verschwinden, meine Mutter hat es nicht umsonst gesagt, ich warte an jeder Ecke, an jeder Treppenstufe darauf, daß es mich verschluckt. Mit ausgestreckten Armen und geschlossenen Augen, keine Ahnung, wann ich falle. Kreideweiß ist mein Gesicht, es ist ein alter Trotz gegen meine Mutter, den ich unnötigerweise wie einen Buckel mit mir herumschleppe. Überflüssig, dieser Buckel, wie so vieles, doch er ist festgewachsen wie ein drittes Auge. Meine Mutter hat mich aus Angst, allein ihre Runzeln zählen zu müssen, mit dem Schreckensbild vom Luftloch malträtiert. Mit ihrem unermeßlichen Spatzenhirn. Aber es klappte. Noch heute klopft mir das Herz mächtig gegen den Eisblock, wenn ich daran denke. Ich sehe sie vor mir mit ihren halbblinden Maulwurfsaugen und ihrer witternden Nase, ihrem einzigen verläßlichen Stück Fleisch, mit dem sie ihr ganzes Leben zusammenhielt. Oft noch spüre ich ihre Hände, die sich jedesmal, wenn sie eine Erinnerung erschnüffelt hatte, in meinen Rücken gekrallt haben. Oder sie riß mich fürsorglich am Ohr, bis das Hören ausgelöscht war. Anschließend küßte sie mich und steckte mir Krimskrams in die Taschen, Sahnebonbons, einen Goldfaden. Und dann der Höllenchoral aus ihrem Mund, verstreute Stammeleien, die sie Schlag auf Schlag herausschrie. Riech doch, rief sie atemlos, das riecht ja wie –, als ich Kind war und die Etiketten. Von den Weinflaschen sammelte und. Sie auf Pappen klebte, in den Weinbergen. Im September, es gab Spinnen. Und feierlich fügte sie hinzu, o ich kenne die Welt. Auf dem Etikett vom grauen Mönch war ein Schloß zu sehen. Halb verfallen und sehr unheimlich, man lebte dort in einer Jahreszeit, die es gar nicht gab. So redete sie unaufhörlich, sie fürchtete die Stille. Ich sah sie schweigend an und sah die Sonnenblumen vor dem Fenster, die ihren Kopf nach der Sonne drehten. Ich hätte weinen mögen. Dann, als könnte ich ihr entgleiten, zeterte sie zum Gotterbarmen: Das bißchen Körper, die abstehenden Ohren und der Mund, der immer schweigt! Ich hab versucht, dich mit Stricknadeln herauszukratzen. Vielleicht ist es mir gelungen, und du bist bloß der Rest. Das bißchen Körper! Mein Sohn. Was habe ich getan, um dich großzuziehen! Und solltest du mich je verlassen, in die Welt gehen oder über eine dieser Kreuzungen, dann wird dich ein Luftloch verschlucken. Ich stand vor ihr und war von ihren Worten dunkel und schwer geworden Gewichte an den Füßen. Mein Mund schnitt Grimassen, er zuckte. Überall fernes Geflüster. Ich sah in den Spiegel, und ohne daß ich es wollte, kniff ich nach Art der Ganoven ein Auge zu. Ich hätte meine Mutter umbringen mögen. Und doch liebte ich sie. Im Grunde meines Herzens wünschte ich mir damals nichts sehnlicher, als in diesem Luftloch zu verschwinden. Von da an blieben meine Augen geöffnet. Auch im Dunkeln. Grausames, unentwegtes Starren, der sehr hohe

Himmel. Oft wurde ich für längere Zeit in den Keller gesperrt. So lernte ich, mich auf Strafen einzurichten. Ich saß auf einem alten Schlitten zwischen den Kohlen und stöberte in Koffern und in mottenzerfressenen Taschen. Ich sprach laut und schrie die Ratten an. Durch die Kellerluke sah ich immer nur einen bestimmten Ausschnitt von draußen. Den Keller von der gegenüberliegenden Straßenseite, die Sonne, die sich in den Pfützen spiegelte, eine Baumwurzel, daneben eine alte Kiste, Papier. Schuhe mit halben Beinen, bis ans Knie. Kinder sah ich manchmal ganz. Sie beugten sich zu mir herunter und gaben mir Zeichen, möglicherweise wollten sie mich retten, sie hockten da, wedelten mit ihren Händen und versuchten mir grimassenschneidend etwas zuzurufen. Ich rührte mich nie. Ich gehörte nicht zu ihnen. Von mir aus konnten sie stundenlang schreien. Schließlich gaben sie auf. Doch dann tauchte ein Kopf vor meinem Kellerloch auf. Es war ein uralter Schädel, auf dem drei weiße Haare zitterten. Ich sah das alles ganz deutlich, alles im Ausschnitt der Luke, aber ich sah es. Ein langer dünner Hals, den ein schwarzer Kragen umschloß, eine Hand rieb in den Augen, die tief in den Höhlen lagen. Es war unheimlich. Das Wesen schnaufte wie ein Tier, und mit seinem zahnlosen Mund sagte es mir etwas. Es schrie, es sei meine Tante. Aber das interessierte mich nicht. Das Gesicht hatte etwas Lauerndes, am liebsten wäre ich aufgestanden und durch das Kellerloch abgehauen. Aber ich wollte aushalten, weiß Gott warum. Dann sagte das Wesen, ich solle verschwinden. Es hielt mich für meine Mutter, die auch in diesem Keller gesessen hatte, jahrein, jahraus, wie die Großmutter. Da bekam ich noch mehr Angst und kroch durch das Kellerloch hinaus. Auf der Straße war es dämmrig, die zähe Luft machte das Gehen schwer.

Ich hob meinen Zeigefinger und zielte damit auf die vorübergehenden Menschen. Man hätte sie ohne große Mühe zur Schlachtbank führen können, sie wären gefolgt, ohne Murren. Wie ich. Peng, peng, rief ich laut, doch sie gingen weiter, das Laternenglas zersplitterte nicht, die Vögel fielen nicht vom Himmel. Nichts rührte sich. Die ungewohnte Luft machte mich halb besoffen. Ich atmete, pumpte mir die Lungen voll, dann wieder leer, kein schlechter Augenblick. Ewigkeiten stand ich so herum, Regen rann mir von den Haaren über das Gesicht, dann schlug ich mich in Richtung Luftloch durch. An einem Laternenpfahl blieb ich stehen und rieb mir die Nase. Er war wunderbar kalt und schmeckte rostig. An viel mehr erinnerte ich mich nicht, es war dämmrig und der dunkle Himmel senkte sich unglaublich schnell herunter. Ich hörte Stimmen hinter den Fenstern, das Klappern von Tellern und Tassen. Geschäftige Schatten gingen hinter den Gardinen auf und ab. Es kann sein, daß noch mehr passierte. Vielleicht habe ich Töne wie ein Hund ausgestoßen. Ich weiß es nicht mehr, aber ich hätte fast vergessen, wie man geht. Ich mußte es den anderen nachtun. Immer mit den Füßen auf dem Boden. Meine Füße trugen mich eigensinnig von einem Ende der Straße zum anderen, vor und zurück, sie schlichen mit mir an den Häusern entlang. Meistens regnete es, und immer fror ich. Um mich herum die schwarze, kalte Luft, ich zitterte, kaum daß mich ein Windhauch traf, wie Espenlaub. Ohne zu wissen wohin, hatten sich meine Füße bald eine gewisse Orientierung angeeignet. Oder aber, was wahrscheinlicher ist, ich war inzwischen durch alle Straßen und Plätze gestromert und fand mich ein bißchen besser zurecht. Irgendwann stieß ich immer auf eine Mauer, und meine Schritte verzögerten sich. Die Luft spann überall ihre Fäden, Luftberge und Luftwände. Die Schritte schmerzten.

Von Zeit zu Zeit hielt ich mich in einem Gasthaus auf. Dort schien die Sonne blau. Rudelweise ließ man sich am Abend in diesen Ort hineintreiben. Gestalten in besonderen Verkleidungen und mit leeren Gesichtern öffneten die Tür. Manche saßen die ganze Nacht da. Der eine war blind. Der nächste war ein Weinkenner, er schluckte alles mit entrückten Augen. Dazwischen saß ich, vor mir die Hände. Gegenüber ein Italiener, der ständig mit den Fingern auf den Tisch trommelte, dann ein Friseur mit einem Toupet. Eine Frau tanzte und stieß Rauchringe aus ihrem roten Mund. Zu später Stunde nahm sie einen Reifen und ließ ihn über ihre Hüften kreisen. Die Männer klatschten. Ansonsten schwiegen sie und schauten in die Gläser. Auf dem Grund der Gläser die Gesichter. Ich saß wie gelähmt in diesem sinkenden Schiff. Stromaufwärts, stromabwärts ruderten die Verlassenen. Von Zeit zu Zeit gab es ein paar Rufe zu den Hunden hin, die unter den Tischen lagen. Es waren Bastarde mit herunterhängenden Ohren, überschüttet von mickriger Liebe, die jeder wie eine Fußangel mit sich herumschleppte. Doch was kümmerte es mich, ich hatte keinen Hund und also auch keine Liebe zu verschenken. Ich ging an den Fenstern und Mauern vorbei, betrachtete meine kalten Hände mit den abgebrochenen Fingernägeln und wollte etwas fühlen, aber sogar die Angst war mir abhanden gekommen. Nur mein Körper zuckte immer öfter zusammen. Die Luft war voller vereister Nägel, daß mir das Atmen weh tat, doch ich war daran gewöhnt. Mein wundgescheuertes Gehirn rechnete ständig mit Schlägen. Wenn die stumpfsinnige Herde der Passanten an mir vorbeitrottete, spürte ich schon im voraus den Schlag, einer, wenigstens einer, hätte mir im Vorübergehen einen Schlag oder links und rechts eine Ohrfeige versetzen können, in Sekundenschnelle, ohne Worte. Ich wäre nicht empört gewesen, endlich eine Regung. Doch wie sollte ich ihnen das erklären, der ich selbst zu keiner Regung fähig war. Sie hätten verständnislos das Wort Schläge gebrüllt wie ein Beil, das heruntersaust: Schläge, nein danke, wir haben unsere Körper im Griff. Schnell die Zügel angelegt, nach Hause galoppiert, Gebete gemurmelt und die Arme geschwungen. Das aufflammende Herz wird mit der Asche aus dem Kopf gelöscht. Ich erinnere mich. Im Sommer hatte ich Obdach bei einem harmlosen Verrückten gefunden, der immer wieder behauptete, er sei Albert, ein alter Schulfreund von mir. Doch Albert war längst tot oder zumindest ein Greis, er hatte eine unbändige Neigung zum Altern. Wie ich. Die Tage waren oft aus einem undurchdringlichen Grau zusammengekleistert, ich zog es vor, sie zu verschlafen. Ich wohnte in einem Stadtviertel, das vor Dreck stank, voll von verwahrlosten Kindern und schwangeren Frauen, die wieder und wieder neues Elend in die Welt setzten. Nachts arbeitete ich in der Lagerhalle oder trieb mich herum. Abgesehen davon, daß ich nicht viel Geld brauchte, war mir Arbeit lästig, und ich versuchte mich davor zu drücken. Eines Tages, ich erinnere mich, bekam ich einen heftigen Sehnsuchtsanfall. Denke ich heute darüber nach, würgt es mich. Aber damals sehnte ich mich sehr, das Wasser stand mir in den Augen, um mich herum der Geruch von Schulbrot und dem Leder meiner alten Brottasche. Der Himmel war aufgerissen, ein Düsenjäger setzte einen weißen Riß in den blauen Fetzen. Alles rührte mich. Der arme Pilot da oben, dachte ich, ganz allein muß er durch die weite Welt. Mit einem Stock malte ich ein Hüpfspiel in den Sand, Himmel und Hölle. Ich schnürte mir die Schuhbänder, warf ein Steinchen in das erste Feld und tat, das linke Bein an das rechte gewinkelt, den ersten Sprung. Doch kaum bewegte ich mich durch die Luft, lag ich auch schon wie ein Haufen Unglück auf dem Boden. Die Beine zappelten wie Schellfische. Hatte ich das Springen verlernt, waren meine Schuhe zu ausgetreten, oder waren es die auf mich herabprasselnden Steine der Kinder, was mich umwarf? Ich lag im Dreck. Ein Schluchzen nach innen, dann war der Anfall vorbei. Ich versuchte aufzustehen, meine sehnsuchtsgebeutelten Knochen vom Boden zu erheben und machte mich, das höhnische Geschrei der kleinen Biester im Rücken, humpelnd davon. Mehrere Steine trafen mich am Hinterkopf, und einer mußte mein Ohr verletzt haben, denn seitdem flattert es wie ein Windsegel. Ich nahm einen Stein und warf ihn mit aller mir verbliebenen Kraft nach den Kindern. Ich hätte es eher tun sollen. Denn inzwischen waren Erwachsene mit Knüppeln gekommen und ich mußte um mein Leben rennen. Wenn ich nur gewußt hätte wohin. Und zu wem. Die Luft schloß mich ein, der Boden unter den Füßen bewegte sich. Wohin? Ich nahm die einzige Zuflucht, die mir blieb, und sackte in meinem Körper zusammen. Den Kopf in den Hals gerammt, den Hals in die Schultern, drückte ich mich so tief wie möglich in den Straßenstaub. Das Wort Kellerassel kam mir in den Sinn, und tatsächlich rasten alle Verfolger an mir vorüber. Langsam richtete ich mich auf, fiel aber sofort wieder, diesmal von einer Herde Nonnen geschubst, die etwas von einem Stock und ihrem lieben Herrgott murmelten. Ich war todmüde. Der Himmel drückte auf mich herunter wie ein schwarzes Brett. In den Pfützen kleine graue Steine. Ringsherum die Luftrisse. Und abermals richtete ich mich auf, meine Arme bewegten sich wie Windmühlenflügel und meine Augen taten, als würden sie sehen. Was dann folgte, geschah so schnell und in einem solchen Durcheinander, daß ich es kaum beschreiben kann. Meine Beine rasten, schlitterten, überschlugen sich, sie machten ohne mich weiter. Ebenso der Kopf, die Arme, der Bauch. Erst als ich über einen großen Klumpen stolperte, fand ich für einen Augenblick Ruhe. Die Welt hielt einen Atemzug lang inne. Da erst merkte ich, daß der Klumpen ein Mensch war. Mein Gesicht lag auf seinem Bauch. Meine Hände lagen wie Gitterstäbe vor meinen Augen, und die Augen schauten hindurch, schauten, schauten, es tat weh. Die lange Straße grau bis zum Horizont. Die Kinder, Eltern, Tanten kamen zurück und keuchten. Alle waren wieder da, ich konnte sie nicht von mir ablenken. Über den Toten legten sie einen großen schwarzen Schal. Ein Hund winselte in lang anhaltenden Tönen. Freunde des Toten zerrten mich fort, entkorkten die erste Flasche und gossen sie über ihm aus. Die nächsten Flaschen tranken sie selbst. Es roch nach Anis. Sie drehten mir die Arme auf den Rükken und verprügelten mich. In meinem schmerzenden Kopf verwirrte sich alles, ich begriff nichts mehr. Vielleicht war ich die Leiche und wurde in den Sarg gelegt, und tausend Tränen würden um mich vergossen. Die Zunge lag mir wie ein Filzberg im Mund, ich spürte meinen Bauch und das Hungergefühl, dann überhaupt nichts mehr. Ich sehnte mich nach Ruhe, Ruhe, ich wollte verschwinden, alles auslöschen, das Schwere von mir werfen. Die Wanderschuhe nehmen, den Stock, die Erdklumpen unter den Füßen spüren. Alles, was mich daran hinderte, wollte ich von mir werfen. Weit, weit fort. Aber da hätte ich mich gleich mit fortwerfen können. Immer weiter ging mein Knochengerüst mit mir, und doch, diese eine Frage saß mir stechend im Hirn, wie konnte ich noch gehen, wenn ich doch alles, was mit dem Wort Sehnsucht in Berührung kam, über Bord geworfen hatte? Ich zog mich tiefer in mein Mäntelchen zurück. Der unermeßlich kalte Himmel. Die Wolken kurz über den Häusern, die Schornsteine rauchten nicht. Ich trieb durch die Straßen, Winterabende, Sommerabende, die kalte Suppe, der Hut zum Betteln. Manchmal wurde ich satt, mein Körper tat seine Pflicht in den Gebüschen. Vielleicht alles in allem doch keine schlechte Zeit. Ich stromerte durch mein Revier, stritt mit den Hunden und wühlte im Dreck. Aus einem großen Schutthaufen baute ich mir eine Hütte. Aber ein zerrissener Kerl, der den ganzen Tag herumschaufelte, während ich in der Sonne lag, gab mir zu verstehen, ich solle verschwinden. Das ist mein Platz, sagte ich. Die Gestalt mit dem zahnlosen Mund, der wie ein Kloakenloch aussah, kam langsam auf mich zu, es war ein ungleicher Kampf, der Kerl war mir überlegen. Außer einer Sammlung von Totenschädeln und anderen Knochen, die er sofort nach mir warf, holte er hochnäsig einen Zettel aus seiner zerlumpten Jacke. Ich sah die Stempel. Er war der Verwalter des Friedhofs und für die Ruhe der Toten verantwortlich. Das Wort Verantwortung zog er in die Länge. Armer Beladener!

Draußen, am Fuß des Himmels, sah ich eine Wiese mit Klatschmohn, die mich wie ein glühendes Auge ansah. Die Farben rissen an meinen Nerven und entfachten im Kopf ein wütendes Stechen. Das ruhige Schaukeln der Schmetterlinge in der Sonne, im Staub die Käfer, drehen, wenden, die Ameisenstraßen unter den Fußsohlen, Geschrei auf den Bäumen, Sperlinge, Stieglitze, das Reißen in der Wirbelsäule. Ich setzte mich auf einen Stein, ich war ins Schwitzen gekommen, es war Mittagszeit, ich rollte mich zusammen und wollte träumen. Aber so sehr ich mich auch anstrengte, ich brachte nichts mehr zusammen. Ich setzte mich wieder auf und schaute in die Gegend. Der Hunger begann langsam meine Sinne zu vernebeln. Da sah ich etwas. Am Horizont ging eine Gestalt. Es dauerte bis zum Anbruch der Nacht, bis ich sie erkannte. Es war eine Frau. Ich tat mein möglichstes, damit sie mich nicht sah, denn ich dachte sofort an meine Mutter. Schnell steckte ich meine Nase in die Erde, doch die Frau kam direkt auf mich zu und glotzte mich an wie einen zu groß geratenen Maulwurf.

Von Anfang an mußte sie alles benennen und gab sich den Namen Else, und mich nannte sie Artur. Ich war schwach und konnte ihr kaum zuhören. Als sie ihre Hände auf meine Beine legte, knickten die Kniekehlen ein. So lag ich, ob ich wollte oder nicht, vor ihr auf den Knien. Sie nahm mich wie ein Kind in ihre Arme. In ihrer Manteltasche fand sich der Rest einer alten Schokolade. Sie war stark, mit kräftigen braunen Armen. Ich rieb mein Gesicht daran. Ich faßte ihr in die Bluse, ihre Haut war beruhigend, ich wollte mich an ihre Brust legen und mich nicht mehr rühren, bis zum Jüngsten Tag nicht. Ehe sie mich mit sich fortzog, hüpfte sie schwerfällig mit ausgebreiteten Armen im Kreis. So bekomme sie einen Drehwurm und könne Sterne sehen, sagte sie. Dann standen wir für einen Moment aneinandergepreßt. Der viel zu schnelle Himmel zog vorüber. Im selben Augenblick ging die Sonne unter. Ich wollte weiter. Ich blieb da. Vor dem Tor zum Haus warf sie mich wie einen alten Sack über ihre Schulter und trug mich in ihre Kammer. Von da an begann sie unaufhörlich zu reden. Bis zum heutigen Tag verstehe ich nicht, was sie mir eigentlich sagen wollte. Ich hielt mir die Ohren zu. Ihr Gestammel drang durch das Trommelfell. Ich wollte weiter. Aber sie fing mich mit ihren Lockspeisen, ihrem Hintern, dem Geruch nach Gebratenem. Dafür war ich nicht unempfänglich. Irgend etwas hielt ihr Gesicht zusammen, es klaffte nicht wie bei mir nach allen Richtungen auseinander. Aber das ist vielleicht ungenau beobachtet. Mir fällt es schwer, Menschen zu beschreiben, ich erfasse sie nicht. Setze ich ihnen eine Nase ins Gesicht, kommt es mir schon wie eine Ausschmückung vor. Auf ihre Art hatte Else großes Interesse an mir. Sie schenkte mir dies und das. Am dankbarsten war ich ihr für einen blauen Strumpf, den ich auch als Nachtmütze verwenden konnte. Else sah mich oft an, manchmal zweimal hintereinander. Ich schenkte ihr ein altes Lebkuchenherz. Am Anfang konnte ich mich ihrem Blick nicht entziehen und dem Gemurmel von Liebe und dergleichen. Es war wie ein Gift, das langsam wirkte. An ihrer Stelle hätte ich mir einen Matrosen genommen. Davon soll es jede Menge geben. Einen aus Alaska mit einem Gehfehler, noch besser wäre ein Holzbein. Das wäre ein ganzer Kerl. Warum hatte sie sich gerade mich aufgeladen? Wozu konnte sie mich gebrauchen. Ich weigerte mich, Holz zu hacken. Überall hinterließ ich kleine Pfützen. Die Harnröhre und die Tränendrüsen waren kaputt. Wie so vieles andere. Das Haus, in dem wir das oberste Dachgeschoß bewohnten, stand an der Kreuzung. Die ersten Tage schaute ich aus dem Fenster. Dann nicht mehr. Die Straßen waren überfüllt. In der Luft das Indianergeheul der Kinder. Es stand immer derselbe Baum vorm Haus. Wenn ich mich nicht irre, war es eine Kastanie. Die Stachelkugeln erinnerten daran. Ebensogut hätte es aber auch eine Platane sein können. Ich hätte hinuntergehen sollen und nachsehen. Auf der Straße sah alles aus, wie ich es von oben gesehen hatte. Nur die Perspektiven waren verwirrend. Aus vereinzelten Grasbüscheln blinkten Scherben, Hüte kreisten in der Luft, Füße auf den Steinen, hinter geöffneten Fenstern Stimmen. Dann wieder ein Schrei, ein Schrei kreuz und quer schlagend. Ich ging zurück in die Wohnung. Es gab zwei Zimmer mit niedrigen Decken. Die Türen standen offen. Wenig Licht drang durch die Gardinen. Am Ende des Korridors lag eine winzige

Küche, an die sich die Toilette des Nachbarn anschloß. Ein schwerkranker Mann, der oft stöhnend gegen die Wände schlug. In der Küche hing ein alter Farbdruck, Das große Gewitter über dem Meer. Else brachte mir regelmäßig das Essen. Sie arbeitete in einem kleinen Imbiß, am Rande der Stadt.

Abgesehen von dem unerträglichen Geruch, der wie eine zweite Haut an ihr haftete, störte Else mich nicht sonderlich. Mehrmals wollte sie mit mir ausgehen. Sie putzte sich dann mit einem türkisen Regenmantel und einem großen schwarzen Hut heraus. Ich machte mir Gedanken, was wohl geschehen würde, wenn Wind aufkäme. Eigentlich wollte ich nicht hinaus. In meinem Zimmer war es feucht. Ich hatte mir schon immer ein warmes feuchtes Loch gewünscht, in dem ich mich einrollen konnte. Oft lag ich auf dem Rücken und dämmerte vor mich hin. Ich stand früh auf, das heißt, ich ging früh schlafen, ich weiß nicht mehr, wie es sich im einzelnen verhielt. Alles änderte sich schlagartig, als Else ein Huhn mit in die Wohnung brachte. Das weckte unerträgliche Erinnerungen in mir. Das Huhn sah aus wie eine alte Frau. Die winzigen Zacken des angedeuteten Kamms hingen herunter, in den Augen stand ein tiefer Schreck. Nachts knirschte es mit dem Schnabel. Unaufhörlich mußte es herumscharren, es war eine Pein, ihm zuzusehen. Einmal packte ich es bei den dünnen Beinen und wollte es aus dem Fenster werfen, aber es machte sich los und hackte wild auf mich ein. Die Luft roch plötzlich klebrig. Alles verwirrte sich. Meine Beine stießen aneinander. Es würgte mich. Ich schaute durch das Schlüsselloch. Auf der anderen Seite sah ich mir selbst entgegen. An der Tür Fingerabdrücke, kleine schmutzige Flecken. Ein Zettel in meiner Hand, Berlin – New York 8888 km. Ich fror. Dann nahm ich den Mülleimer und rannte hinunter. Es war dunkel, am Himmel die Milchstraße. Die Sterne glänzten verlassen. Mein Schatten an den Häuserwänden. Ich stieg in die Straßenbahn und fuhr hinaus ins Freie.

Seitdem laufe ich. Vor mir stiebt die Erde auseinander, ich bewege mich gleichmäßig. Ich umkreise das Haus meiner Mutter. Unterwegs hörte ich, daß sie gestorben sei. Ich sah die kleine Fußbank auf der Brücke. Sie fühlte sich vom Tod vergessen und stürzte sich in den Fluß. Es dauerte lange, bis man sie in ihrem schwarzen Sonntagskleid fand. Aber vielleicht ist es auch anders. Vielleicht sitzt sie im Mondschein und wartet auf mich. Ich laufe. Zitternd bewegen sich die Beine. Die Zeiger einer Kirchturmuhr drehen sich. Manchmal möchte mein Körper anhalten. Er will nicht mehr. Aber die Füße finden keinen Halt auf einer Stelle. Sie wissen nicht, wie sie sich dort bewegen sollen. Ich weiß nichts mehr. Ich habe keinen Hunger. Ich werde immer weniger, laufe unaufhörlich, werde einem Luftloch immer ähnlicher, verschwinde in einer fernen Spur.

7
Der Erzähler

Als Artur auf der Straße stand, war der Himmel schwarz, es regnete, die Tropfen stürzten wie rasend nach unten, und wieder rannten die Menschen in alle Richtungen auseinander. Artur, in der einen Hand den Mülleimer tragend, ging langsam. Er streifte einen Menschen, um ihn zu spüren. Er war sehr müde. Er ging die Straße entlang, an der Kreuzung vorbei, über den großen Markt, durch kleine Gassen. Dann stieg er in eine Straßenbahn und fuhr mehrere Stationen weit. Das war der kürzeste Weg nach Hause. Am kleinen Bach stieg er aus. Er ging den gewundenen Weg hinunter, links und rechts die Weiden. Zu den Kühen rief er: Motsch motsch motsch, und winkte ein wenig mit den Armen. Die Kühe hoben kurz den Kopf und schüttelten die Fliegen ab, dann senkten sie ihre kauenden Mäuler wieder in die Gräser, rupften und zupften oder glotzten durch die Gegend. Ab und an brüllte eine Kuh lauthals in das Vogelgezwitscher, und Mückengesumm und Grillengezirpe trafen zusammen. Artur setzte sich auf einen Stein, und das Spinnennetz, das er sah, kam ihm vor wie über die ganze Welt gewebt. Wie ist es, wenn man nach Hause kommt, hatte ihn die Mutter vor langer Zeit gefragt. Damals war er ausgerissen, aber sein Aufenthalt in der Fremde hatte nur wenige Stunden gedauert. Jetzt: Keine Sehnsucht, nur der Wunsch nach Stille. Kurz sagen: Ich bin ja da. Schweigend einen Raum betreten: sich an den Tisch zu den Essenden setzen. Den Abend abwarten, die sich dem Morgen zu verdünnende Nacht spüren, die Rufe auf dem Hof. Eine Stimme für die Dinge bekommen, dann aufstehen, einen Schritt und noch einen, und vom Fernweh gepackt hinaus auf die Straße. Das alles in großer Stille. Ein kurzes Aufleuchten der Augen, aber das Leuchten von niemandem mehr wahrgenommen.

Ein Hund, ein stromernder Winzling, kam auf Artur zugerannt, das Fell flog nach hinten, die Augen funkelten wild, die Vorderpfoten von sich gestemmt, blieb der Hund vor Artur stehen. Artur ging, den Kopf weit zurückgeworfen, den Weg hinunter. Der Hund folgte ihm. Ein Bauer führte einen braunen Ackergaul vorbei, verschlafen zog er seinen Hut und murmelte einen Gruß. Das Pferd schnaubte, der Bauer tätschelte ihm den Hals. Artur horchte in sich hinein, es antwortete ihm nichts, er stand vor einem offenen Feld, er legte sich flach mit ausgestreckten Armen auf den Boden und tauchte seine Nase tief in den erdigen Geruch. Es waren die unterschiedlichsten Geräusche zu hören; die Schleifspur der Schnecke durch das

Gras, das Quaken zweier sich paarender Frösche, die hüpfenden Wildhasen zwischen Margeriten und Unkraut im Eisenbahngelände, das Krachen des Holzes im alten Waggon, Telegrafenmastgesurre, Schwalben, aufspringende Nachtschattengewächse, das Reiben der Steine aneinander, hochstiebender Sand, und unendliches Wehen von Süd.

Undine Gruenter
Ein Bild der Unruhe

Roman. 1986
Gebunden. 180 Seiten

»Ist, erstaunlich genug für ein Debüt, das topographische Dekor schon meisterhaft gelungen, so jagt die Autorin ihre beiden Protagonisten, ›immer auf der Suche nach Erregungszuständen‹, mit ähnlicher Meisterschaft durch die mal grell, mal fahl ausgeleuchteten Bezirke. Eine atmende, federnde Sprache, gelenkig und geschmeidig, bildmächtig und zugleich von luzider Begrifflichkeit.«

Basler Zeitung

»Objektiv und so kaltblütig wie eine Kamera, mit kaum erhöhter erzählerischer Pulsfrequenz läßt Undine Gruenter Epochenzusammenhänge aufblitzen. Beiläufig registriert das fiktive Ich den dämonischen Automatismus unserer Zivilisation…« *Rheinischer Merkur*

Undine Gruenter
Nachtblind

Erzählungen. 1989
Gebunden. 207 Seiten

»Wie souverän, wie raffiniert Undine Gruenter die Spielarten artistischer Ironie einsetzt, um den melancholischen Grundton ihrer Erzählungen von Zeit zu Zeit durch ein paar schräge Akkorde aufzumischen, zeigt die Geschichte ›Fontaine de Médicis‹: das Szenario für eine tieftraurige Groteske am Brunnen vor dem Tore, die einen mißverstandenen Blick, eine falsch gedeutete Geste zur Ursache hat und in elementarster Verstörung endet.«

Frankfurter Allgemeine Zeitung